www.tredition.de

Die Autorin

Toska Eiberger, 2004 geboren, liebt Islandpferde und ihre Katze „Frechdachs". Auf ihrem Pferd zu reiten, ist ihr Ausgleich zum Schulalltag. Die Begeisterung für Bücher begleitet sie schon seit sehr jungen Jahren.

Sie besucht die Freie Waldorfschule in Aalen. Im Alter von 13 Jahren schrieb sie ihr erstes Jugendbuch im Rahmen ihrer Jahresarbeit in Klasse 8 und fotografierte die Bilder gemeinsam mit ihrem Bruder Julius.

Toska Eiberger

Ein Unfall

mit Folgen

www.tredition.de

© 2018 Toska Eiberger
Umschlag, Foto: Julius Eiberger, Toska Eiberger
Impulse: Marie Streicher

Verlag und Druck: tredition GmbH, Halenreie 40-44, 22359 Hamburg

ISBN
Paperback: 978-3-7469-0824-3
Hardcover: 978-3-7469-0825-0
e-Book: 978-3-7469-0826-7

Für alle, die an mich

glauben und mich unterstützen.

Danke!

Prolog

Es war ein schöner, warmer Sommerabend. Ich, Liz Summer, saß mit meinen Cousins und Cousinen in einer kleinen Runde abseits der Geburtstagsparty meiner Tante. Sie wurde heute 30 Jahre alt und diesen Geburtstag feierte sie ausgiebig.

Am Anfang hatte der DJ noch aktuelle Lieder gespielt und wir hatten unseren Spaß auf der Tanzfläche. Aber mittlerweile kamen nur noch alte und, unserer Meinung nach, schreckliche Lieder. Also hatten wir uns einen etwas abseits gelegenen Fleck auf einer Wiese gesucht und saßen jetzt da und redeten. Wir sahen uns selten, aber wir verstanden uns sehr gut. Es war schon spät.

Ich genoss diesen Moment dort auf der Wiese, wie wir redeten und aus der Ferne die Musik hörten. So könnte es für immer bleiben, dachte ich und lächelte. Nur zu diesem Zeitpunkt wusste ich noch nicht, dass genau dieser Wunsch schon bald unrealistischer sein würde, als ich mir überhaupt vorstellen konnte.

Als ich gerade so in Gedanken war, kam meine Mom, um mich zu holen. Meine Eltern wollten nach Hause gehen. Ich protestierte erstmal, aber verabschiedete mich dann trotzdem von meinen Freunden.

Als wir dann alle zusammen im Auto saßen, meine Mom am Steuer, mein Dad auf dem Beifahrersitz und ich hinten, merkte ich erst, wie müde ich war. Gerade als ich die Augen schließen wollte, um ein bisschen zu schlafen, sah ich zwei sehr grelle Scheinwerfer auf uns zukommen. Sie kamen sehr schnell, zu schnell! Ich spürte die Panik in mir hochsteigen, beruhigte mich aber mit dem Gedanken, dass Mom das schon regeln würde, sie war ja eine sehr gute Autofahrerin. Trotzdem, es machte mir Angst, sehr große Angst.

Die Scheinwerfer kamen immer näher..., ich wollte schreien, doch der Schrei blieb mir in der Kehle stecken. Ich krallte mich an meiner Türe fest. Dann hörte ich schon meine Mom schreien. Es war ein entsetzlicher Schrei... man hörte an dem Schrei schon, dass es zu Ende sein würde... Ich sah Dad und Mom noch ein letztes Mal an, dann schloss ich die Augen. Im selben Moment krachte es!

Kapitel 1

Langsam kam ich wieder zu mir. Es roch nach Desinfektionsmittel und etwas anderem, das ich noch nicht richtig definieren konnte. Irgendwie nach angebranntem Fleisch.

Ich spürte einen kaum zu ertragenden Schmerz, versuchte die Augen zu öffnen und sah ins Gesicht eines maskierten Menschen. Er trug einen Mundschutz... da wurde mir bewusst: Ich war im Krankenhaus!

Ich konnte nicht weiter denken, der Schmerz wurde so unerträglich, es fühlte sich an, als würde mir jemand im Bauch herumschneiden, ich begann zu schreien... der Mann vor mir weitete entsetzt die Augen! Er begann irgendetwas zu brüllen und fingerte wie wild an einer Spritze oder etwas Ähnlichem herum. Auf einmal kam noch jemand in mein Blickfeld, er trug ebenfalls einen Schutz über dem Mund.

Er begann ganz ruhig auf mich einzureden, während der andere Mann mir noch eine Spritze verabreichte. Ich konnte ihn nicht verstehen, weil irgendjemand schrie, ganz dicht bei mir. Mir wurde klar, dass ich diejenige war, die schrie, und klappte augenblicklich meinen Mund zu. Ein stechender Schmerz durchzuckte mich und dann wurde alles schummrig. Ich schloss erneut die Augen, da ich sie einfach nicht offen halten konnte. Dann dämmerte ich wieder weg. Immer leiser werdend, hörte ich nur noch die Stimme, die die ganze Zeit beruhigend auf mich einredete.

Irgendwann wachte ich wieder auf und hatte keine Ahnung, wie lange ich geschlafen hatte. Es roch wieder so schrecklich nach Desinfektionsmittel, doch der angebrannte Geruch war fort.

Ich horchte, aber es war still, ich hörte nur das leise Piepsen aus irgendeiner Maschine! Ganz langsam versuchte ich, mit allen meinen Kräften, die Augen einen Spalt zu öffnen.

Ich lag in einem Bett, neben mir stand die Maschine, die die ganze Zeit vor sich hin piepste, aber das störte mich nicht groß. Mir gegenüber stand noch ein zweites Bett, dort drin lag ein Mädchen, es war ungefähr in meinem Alter, vielleicht ein oder zwei Jahr älter. Ich drehte meinen Kopf nach rechts, dort war eine große Glasscheibe, dahinter standen ein Schreibtisch und ein Stuhl. Ich versuchte mich zu orientieren, zu erinnern, was passiert war. Doch es kam nichts. Gar nichts, ich konnte mich an nichts erinnern, ob meine Eltern da waren oder nicht, wieso ich hier war, es war alles irgendwie weg.

In diesem Moment kamen zwei Personen in das Zimmer, sie hatten beide lange, weiße Mäntel an, Ärzte, die mich freundlich anlächelten. „Hallo, ich bin Doc Baker. Ich bin froh, dass du jetzt wach bist. Wie geht es dir denn?"

„Ganz gut, aber was ist passiert? Warum bin ich hier?", fragte ich mit zittriger Stimme und schaute ihn eindringlich an. Er antwortete mit einem Zögern: "Du hattest einen Autounfall mit deinen Eltern, als ihr von der Party nach Hause gefahren seid..." Ich verstand zuerst nicht, was er sagte, dachte, er würde vielleicht einen Witz machen, aber warum sollte mich ein Arzt denn veräppeln?

Ich wollte schon fragen, was das sollte, doch plötzlich kamen die Erinnerungen hoch, der Unfall, die Scheinwerfer, die auf uns zukamen, der Schrei meiner Mom, als ihr bewusst wurde, dass wir zusammenstoßen würden.

Mein Körper krampfte sich unkontrolliert zusammen. Der Arzt setzte einen besorgten Blick auf und rief einen weiteren Kollegen herbei. In meiner Verzweiflung packte ich einen der Ärzte am Arm.

Ich war so überrascht, dass ich mich bewegen konnte, dass ich erst keinen Ton herausbekam. Ich nahm meine Hand wieder runter und fragte mit wackliger und leiser Stimme: „Wo sind Mom und Dad?"

Doch er wollte auf meine Frage nicht eingehen. Stattdessen ging er zu dieser Maschine und drückte ein paar Knöpfe. Dann fragte ich ihn nochmal, dieses

Mal ein bisschen lauter: „Wo sind Mom und Dad?!"

Doc Baker und sein Kollege schauten sich an, dann sagte er: "Ich glaube, du solltest noch ein Weilchen schlafen, deinem Vater geht es ganz gut, aber er liegt noch auf einer anderen Station."

Ich war für einen Moment so erleichtert, dass mir ein paar Tränen über die Wangen liefen. Ihm ging es gut! Er war nicht sehr schlimm verletzt!

Der Arzt lächelte: "So, jetzt schlaf noch eine Runde, Liz, du wirst deine ganze Kraft noch brauchen!" Ich lächelte, komisch, dass der Arzt sich so nett um mich kümmerte... aber wer weiß, vielleicht ist das ja normal.

Der Arzt hatte noch ein paar Untersuchungen gemacht und war dann gegangen, endlich!

Ich schaltete den Fernseher ein, der direkt neben meinem Bett stand. Dort kamen die Nachrichten. Es wurde von einem schlimmen Unfall berichtet. Die Nachrichtensprecherin begann zu sprechen, ich stellte den Ton etwas lauter, um verstehen zu können, was sie sagt.

„Vorgestern Abend gab es einen Unfall auf der Route 66 in der Nähe von Springfield. Ein Autofahrer war wahrscheinlich am Steuer eingeschlafen. Er saß allein im Auto, während in dem entgegenkommenden Fahrzeug eine ganze Familie saß.

Das Auto der Familie fing sofort Feuer, aber der Feuerwehr ist es gelungen zwei Personen aus dem PKW lebend zu bergen. Beide, Vater und Tochter, wurden mit Brandverletzungen ins Krankenhaus gebracht. Für die Fahrerin kam jedoch jede Hilfe zu spät. Dies ist wieder ein Beisp...“

Ich schaltete den Fernseher aus und saß wie gelähmt in meinem Bett! „Nein!“, flüsterte ich ganz benommen. Es kam mir vor wie in einem Traum. Ja, das musste ein Albtraum sein und ich würde jeden Moment aufwachen. Aber das passierte nicht.

Ich saß immer noch in diesem Zimmer mit den kahlen Wänden und diesem beißenden Geruch nach Desinfektionsmittel. Jetzt realisierte es mein Kopf. Ich sank völlig kraftlos in meinem Bett zusammen und musste weinen. Zuerst ganz leise, aber dann immer lauter und hemmungsloser.

Die Krankenschwester kam und als sie die Fernbe-
dienung in meiner Hand sah, wusste sie, dass ich es
wusste. Sie setzte sich auf mein Bett und legte ihre
Hand auf meine, aber ich zog sie weg und drehte mich
auf die andere Seite.

Ich hörte sie leise sprechen, ich verstand nur einige
Worte, weil die anderen in meinem Schluchzen unter-
gingen. „Es tut mir so leid für dich...", fing sie an.
„Weißt du, ich bin auch Mutter und..."

„Sie sind aber nicht meine Mutter! Ich will kein Mit-
leid, schon gar nicht von einer fremden Person!", unterbrach ich sie.

Sie stockte kurz, als wäre sie schockiert. Aber dann
stand sie auf und ich hörte sie zur Tür laufen. „Wenn
du was brauchst, sag Bescheid!", dann ging sie endlich
aus dem Zimmer.

Ich konnte es erst gar nicht richtig begreifen. Meine
Mom soll tot sein! Dieser eine Mensch in meinem Leben, der mich schon liebte, bevor er mich überhaupt

kannte. Die mich besser kannte als alle anderen Menschen auf der Welt! Mit dem ich so viel erlebt hatte und der immer für mich da gewesen war, wenn es mir schlecht ging. Diesen wunderbaren Menschen soll es nicht mehr geben?

Bei diesen Gedanken musste ich gleich wieder weinen. Meine Schluchzer waren so laut, dass das Mädchen mir gegenüber aufwachte und mich ansah, erst jetzt sah ich, dass sie ein Pflaster am Hals hatte, so ungefähr an der Stelle des Kehlkopfes.

Sie griff zu ihrem Nachttisch und holte einen Zettel heraus. Sie schrieb etwas drauf und drehte den Zettel um, dort stand: „Hey, was ist denn los?" Ich antwortete mit einem Seufzer: "Meine Mom ist vorgestern bei dem Autounfall ums Leben gekommen!" Das Mädchen erschrak, dann kritzelte sie etwas auf ihren Block. „Stimmt, das kam in den Nachrichten. Das tut mir echt so leid! Mein Vater ist auch tot, aber schon länger, schon seit einem halben Jahr! Er hat sich selbst getötet, er war schwer drogenabhängig. Seitdem lebe ich in einem Heim, da meine Mutter schon kurz nach meiner Geburt gestorben ist!"

Wow, wie konnte sie das einfach so wegstecken?! Da komme ich mir ja fast ein bisschen blöd vor, nein! Meine Mom war das Wichtigste in meinem Leben und sie ist nun weg! Ich beginne wieder zu schluchzen! Wie konnte sich das Leben nur so schnell wandeln, ohne dass man es beeinflussen kann?! Wenn ich mich an die Unachtsamkeit und Neckereien in meiner Klasse erinnerte... Das war eigentlich immer als Spaß gedacht, aber wie schnell wird aus Spaß Ernst?

Ich sah das Mädchen an, sie wirkte fröhlich, wie schaffte sie das bloß? Ich fühlte mich, als wäre ein sehr großes Loch in meiner Brust, das sich nie wieder füllen würde, wie als würde ein so großer Teil fehlen, als würde mir mein Herz in zwei Stücke gerissen werden.

Da kam mein Dad in das Zimmer. Er sah ziemlich fertig aus, er hatte den Arm in einer Schlinge und ein Pflaster am Kopf. Als er mich sah, lächelte er kurz, aber es war kein fröhliches Lächeln. „Hey, ich habe gehört, dass du wach bist!", sagte er und setzte sich zu mir aufs Bett.

Ich nickte und schaute auf meine Hände. Ich wusste nicht, was ich jetzt anderes sagen könnte. Plötzlich begann ich wieder zu weinen, ich wollte eigentlich nicht, aber es ging nicht anders, mein ganzer Körper schüttelte sich!

Mein Dad fragte: „Sie haben es dir schon gesagt?" Ich schüttelte den Kopf und zeigte auf den Fernseher.

Als ich ihn jetzt anblickte, sah ich, dass er weinte. Ich hatte meinen Dad noch nie weinen sehen!

Ich rückte unbeholfen näher zu ihm heran und lehnte mich an ihn. „Es ist alles gut", flüsterte ich und schwieg. Ich hatte das Gefühl, ich müsste das sagen, aber es war nichts okay! Meine Mom war tot! Und ich konnte nichts machen, wieso habe ich denn nichts gemacht?! Ich hätte das Lenkrad rumreißen sollen oder die Handbremse ziehen... ich hätte doch irgendwas machen müssen!

Plötzlich merkte ich, wie er zitterte. Ich hielt ihm mein noch unberührtes Trinken hin und er trank dankbar ein paar Schlucke. Dann saßen wir beide schweigend da. Beide in Gedanken versunken...in Gedanken bei Mom.

Ich war so froh, wenn Elena, meine beste Freundin, mich besuchen kam. Das war mal etwas anderes als nur im Bett herumzuliegen und die Besuche meines Dads.

Ich freute mich immer, wenn mein Dad kam, aber wir wussten eigentlich nie, was wir reden sollten. Er trauerte fast genauso schlimm wie ich, jedoch versuchte er es zu überspielen, um stark rüberzukommen, jedoch wusste ich, dass er zutiefst erschüttert war. Er musste seine ganze Kraft aufbringen, um nicht zusammenzubrechen, das schätzte ich sehr an ihm! Jedoch erinnerte er mich immer an Mom, und das schmerzte immer mehr!

Mit Elena konnte ich wenigstens für ein paar Sekunden das Geschehene ausblenden. Sie erzählte von der Schule, von sich Zuhause und von vielem anderem.

Einmal brachte sie mich sogar zum Lachen, als sie nachmachte, wie sie sich vor der halben Schule blamiert hatte.

Sie war eigentlich ein sehr fröhlicher Mensch. Aber dennoch war sie hier ganz anders als sonst. Vielleicht weil wir im Krankenhaus waren und sie wusste, dass meine Mom tot war. Doch wir sprachen nicht darüber, weil sie ahnte, dass ich nicht drüber reden wollte.

Als Elena heute gegangen war, fiel ich in einen unruhigen Schlaf. Ich träumte von dem Unfall, ich hörte immer wieder den Schrei meiner Mom, spürte die Schmerzen und die Gefühle kamen wieder hoch. Die Erinnerungen an das Leben davor, an die Freiheit, die Leichtsinnigkeit, das Gefühl von Glück und Geborgenheit, die Gedanken an meine Mom.

Auch dachte ich viel darüber nach, warum das passieren musste. Warum uns? Warum, verdammt nochmal, mir?

Der Aufenthalt im Krankenhaus kam mir so unendlich lang vor, auch wenn es zum Glück nur ein paar Wochen waren.

Als wir dann endlich entlassen wurden, war ich einerseits sehr froh, nach Hause zu kommen, aber schon die Fahrt nach Hause war schrecklich.

Bei jedem Auto, das uns entgegenkam, dachte ich, dass es doch viel zu nah an uns heranfährt und dass es jeden Moment wieder knallt. Dass sich der Unfall wiederholen würde, dass es dieses Mal vielleicht noch schlimmer sein würde! Ja, vielleicht ergeht es mir ja irgendwann wie dem Mädchen, das mit mir in einem Zimmer war. Doch es passierte zum Glück nichts.

Als wir endlich zuhause ankamen, war ich schweißgebadet. Mein Herz klopfte wie wild, ich biss so fest die Zähne zusammen, dass mein ganzer Kiefer schrecklich schmerzte!

Wenn das jetzt bei jeder Autofahrt so war? Was, wenn ich wegen dieser Angst nie meinen Führerschein machen konnte? Ich verdrängte den Gedanken. Ich war erst 14 und hatte ja sowieso noch ein bisschen Zeit, bis dahin. Früher hatte ich mich immer darauf gefreut, dass ich dann meinen Führerschein machen kann. Aber was war schon früher... Jetzt war Jetzt und ich fürchtete, ich konnte das nicht ändern. Nein! Niemand konnte die Vergangenheit ändern!

Die nächsten Tage ließ mich mein Dad in Ruhe. Ich glaubte, er musste selbst erst mal den Gedanken verdauen, dass wir jetzt in unserem Haus lebten, jedoch ohne unsere Mom.

Doch nach diesen Tagen, in denen wir uns wieder eingelebt hatten, wollte er, dass ich hinausging.

Er meinte, dass es gut für mich wäre, frische Luft zu atmen, zu laufen, in Gesellschaft zu kommen. Aber ich wollte nicht, ich hatte das Gefühl, dass auf meiner Stirn meine ganze Geschichte stehen würde, meine Vergangenheit, meine Gefühle und die Sehnsucht nach meinem alten Leben. Mein ganzes Ich. Der Gesichtsausdruck der Leute, wenn sie mich sahen: als ob ich ein anderer Mensch geworden wäre, als ob ich nicht mehr ich wäre.

Besonders traurig machte es mich, wenn ich Klassenkameraden sah. Ich wollte nicht mit ihnen sprechen, Fragen beantworten oder bemitleidet werden. Nein! Das wäre das Allerletzte, was ich jetzt gebrauchen konnte. Daher machte ich meist einen großen Bogen um sie. Und irgendwann gaben sie es auf, mich die ganze Zeit nach dem Unfall zu fragen, und machten von selbst einen Bogen um mich.

Manchmal sah ich von weitem wie Elena und Lea, eine weitere Klassenkameradin von mir, lachend über die Straße gingen oder auf einem kleinen Gemäuer saßen. Jedes Mal überkam mich eine Lawine voller Gefühle. Es war ihre Unbeschwertheit, die mich so wütend machte, ich hatte das Gefühl, dass sie schon lange vergessen hatten, dass meine Mom gestorben war! Ihre

Art, mit Dingen umzugehen, die andere nicht hatten, aber für sie ein Alltagsgegenstand war.

Was hatte mich damals mit ihnen so verbunden? War ich auch so ein unbeschwerter, hirnloser Mensch gewesen?

Bei diesem Gedanken schämte ich mich. Jetzt, im Nachhinein, wo alles zu spät war. Ich hätte so viel mehr mit meiner Mom machen, die Zeit mit ihr viel mehr wertschätzen müssen! Doch leider ist Vergangenheit Vergangenheit.

Mittlerweile war ich Schmerzen gewöhnt. Nicht nur die seelischen, nein, auch die körperlichen. Denn ich konnte den Verlust meiner Mom nicht verkraften!

Eine Zeit lang gab ich Dad die Schuld für den Tod von Mom. Doch irgendwann wurde mir klar, dass Dad nichts dafür konnte und dass ich ihn nur verletzte mit meinen Anschuldigungen, dass er alles hätte anders machen sollen! Ja, ich wusste nicht mehr, wie ich mit diesem Vergangenen umgehen sollte...

Also begann ich die ganze Wut und den Schmerz an mir selbst auszulassen, ich begann mich selbst zu verletzen, mich zu ritzen. Ich versuchte so den Schmerz abzuschalten, die ständige Trauer zu umgehen. Auf der einen Seite tat es gut, denn so konnte ich alles abschalten.

Aber eine leise Stimme in meinem Kopf sagte, ich solle es nicht tun, jedoch war es mir mittlerweile egal, was die Stimme in meinem Kopf sagte. Ich machte es einfach.

Heute ging ich das erste Mal wieder alleine vor die Türe, da mein Dad nicht da war. Wir hatten uns ein wenig gestritten, deshalb war ich ganz froh, etwas Abwechslung zu bekommen.

Ich lief eine Runde durch den kleinen Park, nicht weit von unserem Haus entfernt. Ich hatte mir meine Kapuze tief ins Gesicht gezogen. Ich wollte nicht angesprochen werden.

Es waren viele andere Leute da, Hundebesitzer, Jogger, Paare oder einfach Spaziergänger, die auf Bänken

saßen. Ich sah schon von weitem die Bank, auf der E-
lena und ich so oft nachmittags gesessen hatten, es saßen auch Leute darauf, doch ich kam von hinten und
konnte deshalb die Gesichter nicht sehen.

Als ich so einen Meter von der Bank entfernt stand,
um eine leere Gummibärchentüte wegzuschmeißen,
die ich in meiner Jackentasche gefunden hatte, hörte
ich plötzlich meinen Namen. Ich richtete mich schlagartig auf und schaute, woher die Stimme kam, doch es
konnten nur die Leute sein, die mit dem Rücken zu mir
auf der Bank saßen! Ich wollte sie gerade fragen, was
sie von mir wollen, da hörte ich meinen Namen erneut.

„Ja, ich finde auch, dass sie übertreibt! Sie war jetzt
fast einen Monat nicht in der Schule! Ich finde, langsam
ist es gut!", sagte eine vertraute Stimme.

Ich erschrak: Das waren Lea und Elena! Ich duckte
mich, damit sie mich nicht doch noch bemerkten, und
horchte!

„Ja, ich finde es auch echt übertrieben! Ich meine,
wenn sie so weitermacht, will niemand mehr etwas mit

ihr zu tun haben! Klar, ihre Mom ist gestorben und so, aber irgendwann ist es doch auch mal gut! Also, ich will nichts mehr mit ihr zu tun haben, für mich ist sie Geschichte!"

Ich drehte mich ruckartig um, Tränen brannten mir in den Augen. Das hätte ich nicht erwartet, ich dachte, sie wären meine Freundinnen gewesen, auch wenn ich jetzt nicht mehr so viel mit ihnen machte, ich hatte sie doch immer noch gern...

Ich lief los, ich wusste nicht wohin, da mir die Tränen den Blick verschleierten. Ich lief und lief, irgendwann kam ich zu Hause an, ich wusste nicht mehr wie, aber es war mir auch egal, alles war mir egal! Ich war für sie nichts! Vielleicht war ich mal ihre beste Freundin, dachte ich, aber davon war jetzt nichts mehr übriggeblieben. Für wen war ich eigentlich noch wichtig?

Ist da irgendjemand, der mich versteht? Meine beste Freundin hatte mich abgehakt... das war zu viel! Ich rannte zum Fenster und riss es auf, ich schaute hinunter, ja, das müssten ungefähr sechs Meter sein, das reicht!

Ich will nicht mehr ohne meine Mom leben, ich will nicht mehr! Ich kletterte auf das Fensterbrett, ich dachte noch kurz an Dad, was er denken würde, doch in diesem Moment war es mir egal!

Ich wollte nicht mehr, ich schaute hinunter auf den Gehweg, keiner sah mich! Keinen interessierte, was mit mir war! Und dann sprang ich! Ich flog durch die Luft und prallte auf, mehr spürte ich nicht mehr.

Zwei Wochen lag ich im Krankenhaus und wurde von einem zum anderen Test gebracht. Einmal am Tag kam ein Psychologe und versuchte mir einzureden, dass Selbstmord keine Lösung ist, aber ich hörte gar nicht zu.

Am Ende meines Aufenthalts wurde meinem Dad ein Psychologe empfohlen, zu dem ich mit ihm zweimal wöchentlich hingehen sollte.

Das musste ich nun machen. Ich hasste diese Besuche, aber wenn sie meinten, sie könnten ein Herz heilen...

Wenn man ein Glas fallen lässt und es zerbricht, kann man es auch nicht durch gutes Zureden zusammenflicken, oder?

Es war alles wie vorher. Ich lag in meinem Zimmer und machte sonst nichts, und mein Dad hatte sich Urlaub genommen, um mich besser im Auge zu behalten. Er hatte alle scharfen und spitzen Gegenstände aus meinem Zimmer entfernt und auch in der Küche alles abgeriegelt. So war es vier Wochen lang. Doch nach diesen Wochen war meine Krankschreibung beendet. Ich musste wieder in die Schule.

Kapitel 2

Ich war in der Schule eigentlich immer sehr beliebt gewesen, aber jetzt, am ersten Schultag nach meiner Krankschreibung, war es so, wie ich es befürchtet hatte. Meine Klassenkameraden begrüßten mich zwar, aber es war nicht so, wie früher.

Als ich Elena sah, gefror mein Herz zu Eis. Sie begrüßte mich zwar als Einzige wie immer mit einer Umarmung, aber ich erwiderte sie nicht. Ich musste an das Gespräch im Park denken. Sie sah mich an.

„Du siehst aber nicht gut aus! Was ist denn passiert?", fragte sie und schaute mich besorgt an.

„Möchte nicht darüber reden", antwortete ich in einem abweisenden Tonfall und lief Richtung Klassenzimmer. Elena holte schnell auf. „Wir haben uns doch sonst immer alles erzählt!" „Darf man nicht mal etwas für sich behalten?", fragte ich genervt und lief in das

Klassenzimmer. Okay, vielleicht war ich etwas zu gemein, aber das ließ sich jetzt ja schließlich nicht mehr ändern.

Ich setzte mich nach hinten und packte meine Aufgaben aus. Mathe war nicht gerade mein Lieblingsfach, deshalb verging die Zeit wie im Schneckentempo. Ich schweifte während des Unterrichts immer wieder ab. Zu viel war in den letzten Wochen passiert.

Nach gefühlten zehn Jahren hatte ich auch die letzte Stunde geschafft. Ich lief aus dem Schulhaus schnurstracks über den Schulhof und bog dann auf den Gehweg ein. Ich wollte auf keinen Fall Elena nochmal begegnen, denn dann würde sie mich noch mehr ausfragen und dazu hatte ich überhaupt keine Lust.

Ich musste zehn Minuten laufen, bis ich endlich zuhause ankam. Seit neuestem war auf dem Grundstück nebenan eine Baustelle. Es wurde ein neues Haus gebaut und der Baustellenlärm war ohrenbetäubend.

Ich öffnete die Tür mit der Sicherheits-PIN und trat ein. Mein Dad stand in der Küche, er summte fröhlich vor sich hin, während er Spaghetti auf einen Teller schaufelte, als würde bald eine Hungersnot ausbrechen. Er stellte ihn mir hin. Ich setzte mich an den Küchentisch und stocherte in meinem Essen herum. Irgendwie hatte ich überhaupt keinen Appetit, schon gar nicht auf die Spaghetti!

„Was ist denn?", fragte er und legte seine Stirn in Falten.

Ich schaute kurz auf, aber stocherte dann weiter in meinen Spaghetti rum. „Nichts", antwortete ich, ohne aufzublicken. „Doch, es ist doch was. Das sieht man aus zehn Metern Entfernung! Schmeckt's denn nicht?" „Doch, schmeckt super", ich nahm einen Bissen, aber mehr auch nicht. Plötzlich stiegen mir die Tränen in die Augen.

„Ich komme einfach nicht damit zurecht, in der Schule kann ich mich nicht konzentrieren und alle starren mich an oder behandeln mich wie Luft! Ich werde dauernd gefragt, warum ich so lange weg war, und wenn ich sage, dass ich nicht darüber reden will, ziehen sie beleidigt ab. Selbst Elena redet nicht mehr mit mir!", brach es aus mir heraus. Ich hatte den Teller beiseitegeschoben und stützte meinen Kopf auf den Händen ab. Dad hatte sich gegenüber von mir gesetzt. „Das tut mir leid", sagte er.

„Hm, ich bin müde, ich gehe schlafen." Ich sprang auf und rannte die Treppe hinauf in mein Zimmer.

Mein Dad schrie mir noch hinterher, dass es doch erst drei Uhr nachmittags sei und ich noch nicht ins Bett gehen solle, doch es interessierte mich nicht.

Es half nichts, ich musste trotzdem weiter in die Schule. Ich quälte mich durch die Schulstunden und war immer froh, wenn es vorbei war.

Zuhause war es aber auch nicht viel besser. Ich machte meine Hausaufgaben und langweilte mich sonst nur. Mittlerweile hatte ich lauter hässliche Narben am ganzen Körper, da ich mich immer noch ritzen musste. Es war so, als würde ein Dämon mich besetzen und mich steuern. Jeden Tag wurde es schlimmer.

Elena hatte sich immer noch nicht wieder einge-kriegt und war noch stinkwütend, aber ich dachte auch nicht daran, wieder mit ihr Freundschaft zu schließen.

Ich bekam am Rande mit, dass das Haus neben uns immer mehr Form annahm und dass hinter unserem Haus auf der großen Wiese ein Zaun gebaut wurde.

Als ich eines Nachmittags in den Garten hinausging, um ein paar Blumen für unseren Esstisch zu pflücken, da mir so langweilig war, sah ich, dass auch noch am anderen Ende der Wiese eine kleine Hütte gebaut wor-den war.

Ich wurde neugierig und ging zum Zaun, aber da ich nichts weiter sah, drehte ich mich wieder um und ging ins Haus. Auf einmal hatte ich doch keine Lust mehr, Blumen zu pflücken.

Ich machte mich immer unbeliebter in der Schule, mein Dad bestand darauf, dass ich immer langärmlige Kleidung anzog, damit man meine Schnittwunden und Narben nicht sah. Die ganze Klasse lachte über mich, weil ich so „psycho" war. Als sie das mit dem Psychologen mitbekamen, wurde es nicht gerade leichter.

An diesem Morgen saß ich an meinem Platz ganz hinten, ich hatte einen Einzeltisch, weil sowieso keiner neben mir sitzen wollte. Mir war das ganz recht, ich hatte gerne meine Ruhe.

Unsere Lehrerin, Frau Black, erklärte uns gerade Grammatik, ich hörte mal wieder nicht zu, sondern ich war in Gedanken irgendwo anders, nur nicht im Unterricht.

Plötzlich stand Frau Black vor mir: „Und jetzt Liz alleine!" Ich schaute erschrocken zu ihr hoch. „W-was?", fragte ich. Die ganze Klasse lachte.

Frau Black, die schon wieder zur Tafel gelaufen war, drehte sich um. „Du schreibst einen Aufsatz über die amerikanische Geschichte, bis morgen!" „Aber das ist nicht fair!" Sie ignorierte mich und fuhr mit dem Unterricht fort.

Das hatte mir gerade noch gefehlt! Als endlich die Stunde vorbei war, wurde ich von Frau Black nochmals in ihr Büro gerufen.

Als ich klopfte und eintrat, saß sie an ihrem Schreibtisch und korrigierte irgendwelche Hefte. Sie blickte auf und schob ihre Unterlagen zur Seite.

„Setz dich bitte", und zeigte auf den Stuhl gegenüber von mir. Ich setzte mich hin und blickte mich unsicher im Zimmer um, ich musste noch nie in das Zimmer eines Lehrers.

Als ich wieder zu ihr hinüber sah, merkte ich, dass sie mich eindringlich anblickte: „Du hast dich im Unterricht stark verschlechtert... deine Hausaufgaben sind nie gemacht...und deine Arbeiten lassen zu wünschen übrig!"

Ich schluckte, ich wusste, um was es ging. Da sagte sie es schon. „Wenn du so weitermachst, wirst du nicht versetzt!" Ich nickte. Sie zeigte mir mit einer Handbewegung, dass ich jetzt gehen konnte.

Als ich hinausging, hatte ich einen ganz trockenen Mund. Ich wusste nicht, was ich tun sollte, aber im Moment war es mir einfach egal.

Kapitel 3

Zuhause stellte ich meinen Schulranzen ab und ging dann in den Garten, setzte mich auf einen Stuhl und genoss die Sonne. Ich war gerade am Eindösen, als ich ein komisches Rascheln hörte, es kam aus dem hinteren Teil des Gartens. Ich stand auf und lief neugierig in die Richtung, woher das Geräusch gekommen war. Erst sah ich nichts. Doch als ich es nochmal hörte, schaute ich auf. Vor mir stand ein braunes Pferd hinter dem Zaun, der erst kürzlich aufgebaut worden war. Ein Pferd! Na toll, ich hatte mich mega erschreckt.

Ich wollte mich gerade abwenden und wieder ins Haus gehen, als das Pferd anfing mit seinen Hufen auf den Boden zu schlagen und mich bittend anschaute.

Es hatte eine lange, dunkle Mähne und war gar nicht so groß. Es schaute mich mit seinen dunklen Augen aufmerksam an. Ich ging zu ihm hin und wollte es streicheln, doch plötzlich spürte ich einen starken Schmerz, erst in meiner Hand und dann am ganzen

Arm. Ich war an den Stromzaun gekommen! Das Pferd war durch meine ruckartige Bewegung ein paar Schritte nach hinten gegangen. Als ich mir jetzt die Koppel genauer ansah, bemerkte ich, dass es noch mehr von diesen Pferden gab, ein hellbraun-weiß gescheckktes, ein weißes und ein grau-braunes.

Alle waren eher kräftig und nicht so groß, nach meiner Schätzung waren sie so eineinhalb Meter groß, vielleicht auch etwas kleiner.

Das braune Pferd hatte wieder angefangen zu grasen, ich schaute ihm ein wenig dabei zu, doch dann fiel mir ein, dass ich meine Hausaufgaben noch nicht gemacht hatte. Also ging ich in mein Zimmer.

Als ich endlich mit den Hausaufgaben fertig war, fiel mir mein Computer ein. Ich suchte ihn und fand ihn eingestaubt unter einem Stapel Papier. Ich klappte ihn auf und schaltete ihn an. Eine Ewigkeit hatte ich ihn nicht mehr angefasst. Ich wollte unbedingt wissen, was das für ein Pferd war, also suchte ich im Internet nach verschiedenen Pferderassen. Sofort kam eine

Liste der Pferderassen mit Bildern. Ich scrollte herunter. Nach einer halben Ewigkeit fand ich endlich, was ich gesucht hatte: Auf dem Bild stand ein Pferd, das fast genauso aussah, wie das auf der Koppel! Ich las den Artikel.

Das Islandpferd

Die Islandpferde, auch Islandponys genannt, kommen ursprünglich aus Island, wo im 7. Jahrhundert die Wikinger die Insel besiedelten. Sie brachten aus Raubzügen Pferde mit, die sie frei auf der Insel herumlaufen ließen. Dadurch vermehrten sie sich. So wurde aus den vielen verschiedenen Pferderassen über Generationen hinweg das Islandpferd.

Die Jungpferde und Zuchtstuten werden im Frühjahr hinausgetrieben auf die Berge. Dort können sie dann

---

den ganzen Sommer in Freiheit leben. Im Winter werden sie wieder hineingetrieben, den Besitzern zugeteilt und verbringen dann den eisigen Winter im Stall. Islandpferde sind nicht sehr groß, haben aber sehr viel Kraft, so können sie trotz ihrer Größe von 130-150 cm auch problemlos Erwachsene tragen.

Sie sind lauffreudig und leben am liebsten auf einer Koppel mit ihrer Herde. Sie können als Kinderpferd aber auch als Sportpferd dienen.

Sie besitzen außer den Grundgangarten auch noch zwei weitere Gangarten: Den bequemen Tölt und den schnellen Pass. Dadurch haben sie meistens spezielle Turniere, wo diese Gangarten gefördert werden. Die Merkmale eines Islandpferdes sind die freundlichen Augen und die buschige Mähne. Islandpferde haben meist isländische Namen. Wenn einmal ein Pferd von der Insel reist, darf es nie wieder zurück. Deshalb gelten Islandpferde zu den reinsten Pferderassen der Welt.

Ich wusste sofort, dass es sich um die gleiche Rasse handelte, wie die hinten auf der Koppel. Ich wollte gerade wieder hinaus zu dem Pferd gehen, als ich auf die Uhr blickte. Es war mittlerweile schon so spät geworden, also beschloss ich, schlafen zu gehen.

Am nächsten Morgen zog ich mich an, ging in die Küche und holte eine Karotte, mit der ich dann in den Garten lief. Die Herde war ziemlich weit weg und schien mich auch nicht zu bemerken. Also legte ich die Karotte zur Seite und ging wieder ins Haus, wo ich dann selber frühstückte, bevor ich in die Schule ging.

Nachmittags, gleich nach der Schule, lief ich in den Garten. Ich sah sofort, dass die Karotte weg war. Also holte ich eine weitere und legte sie an dieselbe Stelle. Dann setzte ich mich ins Gras und wartete. Nebenbei machte ich meine Hausaufgaben. Als ich gerade mit Mathe beginnen wollte, sah ich, dass das Pferd wieder da war. Ich blickte es glücklich an, da hörte ich einen Ruf und ich schaute mich um.

Über die Koppel kam eine Frau mit einem Halfter auf das Pferd zu. Als sie mich sah, wirkte sie kurz überrascht. Doch dann lächelte sie und begrüßte mich freundlich. „Na, hast du dich schon mit Brúna angefreundet?" Ich nickte langsam. Ich hatte diese Frau noch nie gesehen, vielleicht war sie die Bewohnerin dieses neuen Hauses... Die Frau lächelte und zog dem Pferd das Halfter über den Kopf. Das Pferd heißt also Brúna. Das Wort klingt ein bisschen komisch, doch da fiel mir ein, dass es ja isländisch sein musste. Wie der Artikel es gesagt hatte.

„Was heißt denn Brúna übersetzt?" Sie schaute mich kurz an, dann sagte sie: „Die Braune, ich finde der Name passt zu ihr? Findest du nicht?" Sie lachte. „Ja, er passt perfekt!", sagte ich und fragte: „Gehört Brúna Ihnen?" „Ja, aber du kannst mich ruhig duzen! Ich heiße Cathleen und du?" „Liz", sagte ich und streichelte Brúna.

„Ich muss dann mal los. Ich will noch ausreiten, und bevor es dunkel wird, muss ich wieder zurück sein... vielleicht sehen wir uns ja mal wieder." „Ok, bis dann." Ich winkte den beiden hinterher. Dann ging ich ins Haus zurück und irgendwie freute ich mich, sie kennengelernt zu haben.

Ich lief jeden Morgen und jeden Mittag zu der Koppel und brachte Brúna eine Karotte oder einen Apfel mit. Mein Dad wunderte sich schon, wo die ganzen Vorräte hinkamen.

Meine Laune wurde schlagartig besser, wenn ich Brúna sah, und ich aß auch mehr. Das alles freute meinen Dad sehr.

Doch eines Morgens war Brúna nicht bei den anderen auf der Koppel, ich rief nach ihr, aber sie tauchte nicht auf. Ich tröstete mich damit, dass Cathleen vielleicht einen Ausritt machte.

In der Schule konnte ich mich wieder kaum konzentrieren, ich überlegte die ganze Zeit, wo Brúna sein könnte, denn Cathleen ging normalerweise nie so früh morgens reiten. Ich aß auch mein Pausenbrot nicht, da ich einfach nichts essen konnte, wenn Brúna wirklich in Gefahr war.

Als ich nachmittags nach Hause kam, war sie immer noch nicht da. Ich erledigte so schnell wie nur möglich meine Hausaufgaben und ging dann wieder zur Koppel.

Den ganzen Abend saß ich da und wartete, dass Brúna endlich auftauchen würde. Als sie auch am nächsten Morgen nicht da war, begann ich mir noch mehr Sorgen zu machen. Betrübt ging ich in die Schule.

Als ich dann mittags nichts erwartend in den Garten ging, hörte ich ein vertrautes Schnauben. Ich schaute auf. „Brúna!" Ich freute mich so, dass ich zu ihr hinrannte, mich unter dem Stromzaun durchrollte und sie umarmte. „Warte, ich hol dir was zu knabbern", sagte ich zu Brúna und rannte zurück ins Haus.

Als ich wieder zurück auf die Koppel kam, stand sie immer noch an genau derselben Stelle. Sie wieherte leise, als sie mich sah. Ich dachte mir aber schon, dass das eher der Karotte in meiner Hand galt. Also lachte ich und gab ihr die Karotte. Sie kaute genüsslich darauf herum. Ich war so froh sie wieder zu sehen, dass ich mich nicht von ihr trennen wollte. Doch ich musste noch meine Hausaufgaben machen, also ging ich hinein ins Haus, um sie hinter mich zu bringen.

Da sah ich eine Zeitung auf dem Küchentisch liegen, auf deren Seite ein Foto mit Pferden war. *Isi-Power* war die Überschrift, den Artikel darunter überflog ich. Es ging um ein Islandpferde-Turnier, das in den letzten zwei Tagen stattgefunden hatte. Es wurde über die Disziplinen und die Atmosphäre berichtet. Bei den Siegern der verschiedenen Disziplinen stockte ich. In der Viergangprüfung hatte Cathleen Merk auf Brúna gewonnen! Ich musste es zweimal lesen, bis ich verstand, dass diese Brúna das Pferd aus der Nachbarschaft war. Jetzt wusste ich, wo sie gewesen war und ich war stolz auf sie.

Ich ging pfeifend hinauf in mein Zimmer, machte meine Hausaufgaben und flitzte mit einer neuen Karotte hinaus in den Garten. Ich rief einmal und Brúna kam sofort. Den ganzen Abend blieb ich bei Brúna sitzen und beobachtete, wie sie graste. Ich war glücklich. Das letzte Mal, als ich glücklich war, das war schon eine ganze Weile her!

In der Schule ging es langsam wieder bergauf, denn ich hatte ja jetzt jemanden, der mir zur Seite stand.

Nur mit meinen Klassenkameraden kam ich noch nicht so aus. Ich fürchtete mich jeden Morgen, in die Schule zu gehen, wie auch an diesem Morgen. Ich lief mit gesenktem Kopf in mein Klassenzimmer. Plötzlich stellte mir jemand ein Bein und ich flog auf den Boden. Alle lachten, doch plötzlich war es still. Ich hatte nicht gemerkt, dass während meines Sturzes mein Sweat-Shirt an den Ärmeln hochgerutscht war, und jetzt sahen alle auf meine Narben. „Was ist das denn?" Elena kam angelaufen und zeigte auf meinen Arm. „Nichts", sagte ich, zog den Ärmel hinunter und stand auf. „Was ist das?", fragte sie nochmal. Sie packte meinen Arm und zog den Ärmel hinauf. „Lass mich los", schrie ich wütend und versuchte meine Hand aus ihrem Griff zu befreien, aber sie ließ nicht locker.

Plötzlich erfasste mich eine so heftige Wutwelle, dass ich mich nicht mehr zurückhalten konnte. Ich schlug Elena mit meiner anderen freien Hand mitten ins Gesicht.

Ich erstarrte, das wollte ich nicht! Oh nein! Das wollte ich doch gar nicht! Tränen brannten mir in den Augen! Ich wurde sofort von einem Lehrer zur Seite genommen und aufgefordert mitzukommen. Als ich über die Schulter blickte, sah ich, wie aus Elenas Nase Blut tropfte und ihre rechte Wange ziemlich rot war. Das würde einen großen blauen Fleck geben.

Ich wurde ins Sekretariat gebracht, wo ich dann auf meinen Dad wartete. Währenddessen sprachen unsere Direktorin und der Lehrer miteinander. Ich kannte den Lehrer nur vom Sehen. Sie sprachen über das, was gerade passiert war.

Wie sich später herausstellte, hieß der Lehrer Herr Smith. Er erzählte die ganze Geschichte. Als er die Narben erwähnte, schaute mich Frau Coleman fragend an.

Ich ergab mich und zog den Ärmel meines Sweat-Shirts hinauf. Als sie die Narben sahen, schnappten sie nach Luft. Ich schämte mich, ich schämte mich so sehr! Ich wollte nur noch hier weg. Zum Glück kam in diesem Moment mein Dad. „Da sind Sie ja, Herr Summer." „Was ist denn passiert?", fragte er daraufhin verdutzt.

Herr Smith erzählte ihm die ganze Geschichte. Als er fertig war, fragte er noch: "Kennen Sie diese Narben?" Er zeigte auf meinen Arm. Mein Dad nickte betrübt und sagte noch: "Das hat angefangen seitdem ihre Mutter, meine Frau, bei einem Autounfall ums Leben gekommen ist. Aber das wissen Sie sicherlich schon." „Hat sie psychologische Unterstützung?", fragte Frau Coleman und schaute mich besorgt an. Mein Dad nickte.

Habe ich psychologische Unterstützung? Mann! Was war das denn für eine Frage? Natürlich war ich beim Psychologen! Aber der hilft doch nichts! Gar nichts hilft, es ist doch alles Scheiße!!! Die Schule ist scheiße, meine Freunde sind scheiße, ja einfach alles ist total scheiße! Frau Coleman schaute sich meinen Arm nochmal genauer an. Ich hasste es, wenn mich die Leute immer so anstarrten, als wäre ich irgendeine Zirkusattraktion. „Ich sehe jedoch keine ganz frischen Narben mehr", meinte sie, nachdem sie fertig war mit ihren Untersuchungen.

„Vielleicht liegt das an dem Pferd", überlegte mein Dad laut. „Welches Pferd?", fragte jetzt Frau Coleman. „Hinter unserem Haus sind vor ein paar Wochen ein paar Pferde eingezogen. Ich glaube, Liz mag eines von ihnen sehr."

Als mich nun alle anschauten und Frau Coleman fragte, ob das stimme, nickte ich.

„Ok, Herr Summer, versuchen Sie am besten ihre Tochter mit dem Pferd zu unterstützen! Und wegen dem heutigen Vorfall... da schauen wir einmal darüber hinweg. Liz hat es ja gerade eh schon so schwer."

Mein Dad bedankte sich und wir gingen nach Hause.

Kapitel 4

Ich hatte an den letzten zwei Tagen vor den Sommerferien frei und verbrachte die meiste Zeit im Garten auf der Koppel bei Brúna. Cathleen zeigte und erklärte mir viel. Ich durfte ihr helfen, die Pferde zu putzen und den Stall zu misten. Diese Zeit genoss ich immer sehr. Und einmal durfte ich sie sogar auf ein Turnier begleiten.

Es war ein kühlerer, aber schöner Tag. Cathleen meinte, dass das die perfekte Temperatur zum Reiten sei. Brúna war schon verladen, und immer mit dabei war auch das schwarz-braune Pferd. Es hieß Hrimnir. Als wir am Turnierplatz ankamen, war die Stimmung sehr locker.

Wir bauten auf einer Wiese ein kleines Viereck aus Weidezaun auf. Cathleen erklärte, dass man das Paddock nennt. Wir luden die Pferde aus und stellten sie in den Paddock, so dass sie ein wenig fressen konnten.

Das Turnier war nicht ganz so groß, eine Hofgemeinschaft hatte es auf die Beine gestellt.

Es überraschte mich, dass hier so viele Erwachsene waren. Als ich sieben Jahre alt war, war ich mal mit meiner Mom auf einem Pferdehof gewesen. Da hatte es von Kindern, vor allem Mädchen, nur so gewimmelt. Aber ich fand es cool, dass es hier nicht so war. Aber jeder hatte ja seine eigene Meinung.

Als Cathleen satteln musste, begleitete ich sie. Ich ging mit ihr zum Abreiteplatz, dort stellte ich mich an den Rand und schaute zu.

Brúna hatte sehr viel Energie, aber Cathleen hatte sie sehr gut im Griff. Jetzt wurde Cathleen aufgerufen. Als sie auf die Ovalbahn ritt, das ist so etwas wie ein Reitplatz für Islandpferde, zwinkerte sie mir zu und ich zeigte ihr meine gedrückten Daumen.

Brúna lief sehr stolz und anmutig. Und man sah Cathleen an, dass es ihr Spaß machte. Viel zu schnell war die Prüfung vorbei.

Cathleen meinte nach der Prüfung, dass es nicht optimal war, aber sie trotzdem zufrieden sei. Brúna bekam sehr viel Lob. Sie schaute glücklich. Cathleen lachte. „Ginge es nach Brúna, wäre sie noch zwei weitere Prüfungen gelaufen", sagte sie schmunzelnd. Ich musste grinsen und nickte.

Wir warteten zusammen auf die Siegerehrung. Sie verpassten knapp die Platzierung, aber Cathleen freute sich trotzdem sehr. Nach einer kurzen Siegerrunde mit allen Teilnehmern und den Ehrungen brachten wir Brúna auf den Paddock auf der Wiese, wo sie freundlich von Hrimnir begrüßt wurde. Wir überprüften, ob sie genug zum Trinken hatten, und gingen dann selbst eine kleine Stärkung holen. Ich wurde von allen Reitern sehr freundlich aufgenommen, obwohl ich sehr wenig verstand, wovon sie redeten. Ich hörte einfach nur zu und versank immer wieder in Gedanken.

Doch irgendwann mussten wir aufbrechen. Als wir wieder zuhause waren und alle Pferde versorgt hatten, bedankte ich mich strahlend. Zum Abschied sagte Cathleen: „Ruh dich ein bisschen aus. Morgen darfst du mal reiten! Komm einfach nach dem Mittagessen rüber, ich muss noch ein paar andere Pferde reiten und bin den ganzen Tag draußen!" Ich freute mich wahnsinnig. Doch ich hatte auch ein bisschen Angst, ob ich nicht runterfallen würde. Ich wollte mich vor Cathleen nicht blamieren, also riss ich mich ein wenig zusammen. Sie wusste ja nichts aus meiner Vergangenheit. Also schob ich die ganzen Zweifel beiseite und ging ins Bett.

Ich wachte am nächsten Morgen schon früh auf. Als mir wieder einfiel, was heute sein würde, war ich sofort hellwach.

Auf der einen Seite freute ich mich, aber andererseits hatte ich auch mordsmäßig Schiss! Ich lief in die Küche und machte mir ein Frühstück.

Da mir nichts Besseres einfiel, was ich tun könnte, hörte ich Musik. Doch das wurde schnell langweilig. Ich musste mir dringend neue Lieder kaufen, überlegte ich. Dann schnappte ich mir mein Buch. Doch als ich nach ein paar Seiten das Buch schon fertig gelesen

hatte, musste ich mir wieder etwas Neues überlegen.
So ging es dann den ganzen Morgen.

Als es endlich Mittagessenszeit war, würgte ich ein
Stück Pizza hinunter, welche mein Dad gekauft hatte,
rannte aus dem Haus in den Garten und ging hinüber
zu dem Unterstand, wo Cathleen auch immer ihr Auto
parkte.

Natürlich hatte ich auch an die Karotte für Brúna gedacht. Ich hoffte, dass ich auf ihr reiten durfte, aber
sehr viele Hoffnungen machte ich mir nicht. Als endlich Cathleen mit einem anderen Pferd angeritten kam,
hatte ich gemischte Gefühle. Als sie abstieg, lächelte
sie. „Na, aufgeregt?" fragte sie mich.

Ich nickte: „Ja, und wie, ich kann es kaum erwar-
ten!" „Ich muss nur noch schnell Rásfim auf die Koppel
bringen und dann bin ich sofort da!" Sie drückte mir
lachend Hrimnirs Halfter in die Hand, bevor sie ihr
Pferd aufräumte, und erklärte mir, dass ich ihn heute
reiten würde. Ich holte ihn von der Koppel.

„Wo reiten wir eigentlich?", fragte ich. Ich hatte mir darüber noch gar keine Gedanken gemacht. „Ich hole jetzt noch Brúna und dann reiten wir zusammen in den Wald." Als sie meinen verdutzten Gesichtsausdruck sah, sagte sie lachend: „Ich nehme dich als Handpferd, das heißt, ich sitze auf Brúna und führe Hrimnir, auf dem du sitzt." „Super", sagte ich, während ich ihn putzte.

Als wir nach 15 Minuten fertig bereitstanden, ich auf dem Pferd saß und Cathleen mir ein paar Anweisungen und Tipps gegeben hatte, ging es los. Es wackelte ziemlich, aber mir machte es sehr viel Spaß.

Wir ritten erst ein kurzes Stück an Wiesen und Feldern vorbei. Dann ging es in den Wald. Es war eine sehr schöne Strecke, sie war geschottert, ich fühlte mich richtig geborgen auf Hrimnir. Als es jetzt ein bisschen den Berg hinaufging, fragte mich Cathleen, ob ich tölten wollte. Doch als wir schneller wurden, war es sehr wackelig. Aber nach den ersten zehn Metern und der

Ermahnung, mich nicht zu verkrampfen und ganz locker auf dem Pferd zu sitzen, machte es einen riesen Spaß.

Viel zu schnell hatten wir das Ende des Berges erreicht.

Als Cathleen mich sah, musste sie laut lachen. „Du grinst wie ein Honigkuchenpferd!" Und so fühlte ich mich auch, es war so, als würde man schweben. Nur schöner! Doch langsam kamen wir zurück. Ich stieg vom Pferd ab. Da merkte ich erst, wie erschöpft ich war. Ich half Cathleen noch die Pferde zu versorgen, dann sagte Cathleen, dass ich nach Hause gehen konnte.

Als ich abends im Bett war, musste ich immer noch lächeln. Es war wunderschön gewesen. So einen Tag hatte ich schon lange nicht mehr erlebt!

Am nächsten Tag hatte ich einen heftigen Muskelkater. Ich konnte kaum laufen. Trotzdem ging ich zu Cathleen, um ihr zu helfen. Sie mistete gerade den Stall, als sie mich sah. „Na, Muskelkater?", fragte sie.

Ich nickte: „Ja, und wie! Es fühlt sich an, als hätte jemand mit dem Hammer gegen meine Beine gehämmert!" Sie lachte. Du musst mir nicht helfen!", sagte sie, als ich mir eine Schaufel holte. „Ich will aber helfen", sagte ich lachend, denn es machte mir so viel Spaß bei den Pferden zu sein! Auch wenn ich nur den Stall mistete.

Wir misteten den ganzen Stall und das in Rekordzeit. Danach putzten wir Brúna. Reiten würde ich heute nicht. Dafür war der Muskelkater zu schmerzhaft.

Ich durfte jeden zweiten Tag reiten. Ich merkte, dass ich jedes Mal fester im Sattel saß. Auch Cathleen lobte mich.

Als die Schule wieder anfing, konnte ich mich wieder größtenteils auf den Unterricht konzentrieren. Die fiesen Kommentare, die mir hinterhergerufen wurden, kümmerten mich nicht. Ich war stärker geworden! Mein Dad hatte dem Psychologen abgesagt, da er meinte, dass Cathleen, Brúna und die ganzen anderen

Pferde mir mehr helfen würden als der Psychiater! Er kaufte mir einen Reithelm und eine Reithose, die mein ganzer Stolz waren.

Ich durfte nun nicht mehr aus dem Haus gehen, solange ich meine Hausaufgaben nicht gemacht hatte. Diese Regel hatte mir nicht mein Dad auferlegt, sondern ich mir selbst. Ich setzte mir viele solcher kleinen Ziele, und wenn ich dieses erreicht hatte, setzte ich mir das nächste. Ich war irgendwie stolz auf mich!

Wenn ich meine Hausaufgaben geschafft hatte, schlüpfte ich in meine Reitklamotten und ging zu den Pferden. Mittlerweile galoppierte ich schon. Und ich wurde nicht mehr als Führpferd genommen.

Ich war sehr glücklich. Zwar ging nicht alles gut, wie an dem Morgen, als Cathleen und ich wieder einmal ausreiten waren. Wir galoppierten gerade und ich träumte ein wenig vor mich hin.

Hrimnir bemerkte das jedoch sofort und nutzte seine Gelegenheit aus! Als wir an einer Kreuzung vorbeigaloppierten, machte Hrimnir plötzlich eine scharfe Rechtskurve.

Ich fiel seitlich über das Pferd und landete im Graben. Er war stehengeblieben und hatte zu fressen begonnen. Cathleen war abgestiegen und schaute nach mir. „Alles gut?", fragte sie. Ohne Verletzungen, aber tief geschockt, nickte ich. Ich stieg wieder auf. Die ersten paar Meter war ich wieder sehr verkrampft und das übertrug sich auf Hrimnir! Doch als ich mich etwas lockerte, wurde auch er sofort lockerer und wir genossen den restlichen Ausritt.

„Solche Momente gehören dazu", meinte Cathleen, sie war auch schon oft vom Pferd gefallen. Einmal hatte sie sich sogar den Arm gebrochen, aber sie sagte, dass ihr es das Risiko wert sei!

Die Herbstferien standen kurz bevor. Die letzten Tests wurden geschrieben und alle freuten sich schon auf die freie Zeit.

Ich ritt weiterhin bei Cathleen und durfte ab und zu sogar Brúna reiten. Sie war ein Traum. Sie hörte ganz fein auf jede Hilfe und hatte immer Spaß. Sie hatte aber auch ihren Dickkopf – gegen den ich manchmal einfach nicht ankam! Doch auch Hrimnir war mir ans Herz gewachsen. Er hatte einen ganz sanften und unschuldigen Charakter.

Ich begleitete Cathleen zu allen Turnieren. Und das machte mir sehr viel Spaß!

Kapitel 5

Doch eines Tages, als ich ihr beim Misten half, machte sie einen ziemlich bedrückten Eindruck. Als ich sie fragte, was denn los sei, antwortete sie: „Ich habe dieses Jahr meinen Abschluss gemacht und bestanden."

„Aber das ist doch super!", sagte ich und gratulierte ihr, ich freute mich wirklich! „Ja, schon, aber ich gehe nach den Sommerferien studieren."

Sie machte eine Pause, und ich ahnte schon, was sie mir sagen würde, mein Herz zog sich zusammen! Das konnte nicht sein! Nein! Das durfte nicht sein. „Und ich muss Brúna und die Herde mitnehmen. Meine Uni ist nicht gerade um die Ecke." „Oh", sagte ich, denn etwas anderes brachte ich einfach nicht hervor.

Sie senkte den Blick und sagte mit einer traurigen und enttäuschten Stimme: „Ich habe versucht eine andere Lösung zu finden, aber es gab keine. Vor allem

Brúna braucht Bewegung und Hrimnir auch, die anderen sind schon älter und können nicht mehr so geritten werden, aber ich würde sie doch gerne mitnehmen. Denn man muss ja trotzdem nach ihnen schauen und sie verpflegen."

Wir arbeiteten schweigsam weiter. Tränen bildeten sich in meinen Augen, auf Hrimnir hatte ich reiten gelernt und Brúna war mir auch schon so ans Herz gewachsen. Ich wollte nicht, dass sie gehen! „Kann ich nicht nach dem Rest der Herde schauen? Ich könnte jeden Mittag nach der Schule die Koppel und das Wasserfass kontrollieren und vielleicht ab und zu die Pferde putzen", sagte ich, selber ganz überrascht, dass ich mich das getraut hatte.

Sie schaute mich an. „Nein, Liz, dafür bist du noch zu unsicher und kennst dich noch nicht so gut aus. Ich meine das jetzt nicht persönlich, ehrlich, aber ich würde mich gerne selbst um die Pferde kümmern."

Ich wurde wütend. Hieß das etwa, sie dachte, ich bin noch zu klein oder zu doof, um so etwas zu machen?

Oder war ich für sie immer schon nur das kleine Mädchen, das unbedingt mal ein Pferdchen streicheln wollte? Warum half ich ihr eigentlich jeden Tag? Warum spielte ich für sie jeden Tag den Stallburschen?

Am liebsten hätte ich einfach die Schaufel, die ich in der Hand hielt, hingeschmissen und wäre nach Hause gerannt.

Aber dies machen nur kleine Kinder und das wollte ich nicht sein. Nein! Aber wenn sie dachte, dass ich ihr wie ein Schoßhund hinterherrennen würde, hatte sie sich geirrt! Und zwar gewaltig!

Nach einer gefühlten Ewigkeit waren wir dann endlich fertig und ich schaute, dass ich schnell nach Hause kam. Ich wollte nicht länger hier sein, den Stall und die Pferde sehen.

Ich wollte nur nach Hause! Ich glaubte, dass sie gemerkt hatte, wie niedergeschlagen und wütend ich war, denn sie schaute mir so lang hinterher, als ich dann über die Wiese nach Hause ging. Aber das war mir egal. Sollte sie halt wissen, dass ich enttäuscht und wütend war.

Zwei Wochen später war es dann so weit. Ich sah es von weitem aus meinem Fenster. Brúna und die Herde zogen aus. Ich gab mir einen Ruck und lief langsam zum Stall, wo Cathleen gerade den Pferdehänger vorfuhr. Sie schaute mich erst ziemlich überrascht an, denn ich hatte mich die letzten Wochen gar nicht mehr blicken lassen. Doch ich glaubte, sie verstand mich.

Es war wie jedes Mal, wenn wir auf ein Turnier gegangen sind. Nur dieses Mal wusste ich, dass es ein Abschied war. Wie lange wir uns nicht sehen würden, wusste ich nicht. Vielleicht sogar für immer!

Bei diesem Gedanken lief mir eine Träne über die Wange, ich wischte sie schnell weg, denn ich wollte nicht, dass Cathleen sie sah. Cathleen drückte mir das Halfter von Brúna in die Hand. Ich sollte sie das letzte Mal von der Koppel holen.

Sie war anders als sonst. Entweder lag es daran, dass ich so lange nicht mehr da war, oder sie spürte, dass es heute von hier weg ging.

Ich hatte allen viele Äpfel und Karotten mitgebracht, die sie dann im Hänger bekamen. Ich würde auch Cathleen einige Zeit nicht mehr sehen.

Traurig blickte ich dem Hänger hinterher, winkte, bis sie nicht mehr zu sehen waren. Dann ging ich nach Hause. Ich war wieder an einem Tiefpunkt angekommen!

Als ich zu Hause ankam, legte ich mich sofort ins Bett, zog mir die Decke über den Kopf und weinte! Minuten, Stunden, Tage, ich wusste nicht, wie lange!

Meine Augen waren zu zwei fetten, roten Klumpen angeschwollen! Ich hatte fast durchgängig Kopfschmerzen vom vielen Heulen. Mein Dad versuchte mich aufzuheitern, er ging mit mir ins Kino, auf Ausstellungen und viele andere Attraktionen, in denen man unter vielen Leuten war, denn er wollte nicht, dass ich mich wieder so abschottete.

Heute hatte mich mein Dad mal wieder auf einen Flohmarkt geschleppt. Da waren Stände mit alten Klamotten, Sportzubehör, Autoteilen... und was sonst noch alles. Er meinte, dass ich die schönen Momente im Leben doch festhalten sollte, damit ich mich, wenn es mal nicht so gut läuft, daran erinnern könnte. Doch ich bezweifelte stark, dass es sowas gab. Aber da hatte ich mich geirrt.

Es war ein Gerät, welches mittlerweile viele benutzten. Ob nur zum Spaß oder auch als Beruf. Es lag gerade vor mir auf dem Tisch, hinter dem ein älterer Herr saß. Ich hob es hoch. Das, was ich in der Hand hatte, war eine einfache, alte Spiegelreflex-Kamera.

Ich hatte nie gedacht, dass damit die Sehnsucht und der Wunsch, Momente festzuhalten, verwirklicht werden konnte.

Aber es war so einfach. Mein Dad, der schon weitergelaufen war, kam zurück, und als er mich lächeln sah, machte er innerlich einen kleinen Purzelbaum.

Er verhandelte mit dem Verkäufer den Preis. Und als ich sie endlich „Meines" nennen durfte, kam mir plötzlich ein weiterer Gedanke. Ich hatte noch nie so eine Kamera in der Hand. Ich wusste nicht, wie sie funktionierte und auch nicht, was ich denn überhaupt fotografieren sollte...

Meine Schulnoten waren immer noch nicht die besten, das hieß, ich konnte mich von meinem neuen Hobby schon verabschieden! Ich musste lernen, lernen und nochmals lernen! Ich lernte zwar viel, aber es ging nie in meinen Kopf rein. Dies machte mir sehr viel Druck. In Prüfungen verkrampfte ich mich so, dass ich nach wenigen Minuten einen Black-out hatte.

Zu alldem kam auch noch meine Lehrerin dazu. Ich musste aufpassen, dass ich in die nächste Klasse versetzt wurde, denn auf Wiederholen hatte ich überhaupt keine Lust.

Aber das war erstmal mein kleinstes Problem. Nach dem Unfall hatte ich nur an meine Mom gedacht, warum sie sterben musste. Dabei hatte ich eine Sache vergessen: Was war mit dem Fahrer des anderen Autos? Lebte er noch oder war er auch tot? Ich meinte, ihn mal im Fernsehen gesehen zu haben, konnte mich jedoch nicht mehr so genau daran erinnern.

Es gab immer ein paar Momente, da hasste ich diesen Mann. Schließlich war wegen ihm meine Mom tot. Aber ich hatte auch sehr oft das Bedürfnis ihn kennen zu lernen. Falls er noch lebte.

Ich forschte im Internet. Ich fand aber nicht wirklich etwas. Eines Tages fragte ich mal meinen Dad, aber er las gerade seine Zeitung und wollte nicht gestört werden. Als er aber hörte, um was es ging, legte er seine Zeitung weg und schaute mich ernst an.

Er wusste nicht viel, aber das, was er wusste, erzählte er mir: „Es war ein Mann gewesen, er saß allein im Wagen, hatte aber eine Familie zu Hause, ich glaube, er wollte von der Arbeit nach Hause fahren, aber mehr weiß ich auch nicht", gab er zu und hob die

Zeitung wieder zum Lesen an. „Sicher?", fragte ich in einem bittenden Tonfall, doch er antwortete nicht.

Also ging ich wieder hinauf in mein Zimmer. Nach diesem Gespräch war ich noch nachdenklicher. Ich wusste immer noch nicht, wie es dem Mann ging. Es beschäftigte mich jeden Tag und jede Nacht.

Am Montag, nach dem Gespräch mit meinem Dad, war ich wie immer pünktlich an meinem Platz in der Schule. Ich ignorierte die Rufe meiner Mitschüler, die wild durch die Klasse rasten und starrte stumm vor mich hin.

Als die Klassenlehrerin endlich in die Klasse kam und es ruhig wurde, atmete ich erleichtert auf. Doch sie war nicht alleine. Hinter ihr lief ein ziemlich dünner Junge. Er war blass, hatte braune Haare und schöne dunkle Augen.

Die Klasse wurde kurz ziemlich laut, weil sich alle über den neuen Schüler unterhielten.

Aber als unsere Lehrerin um Ruhe bat, wurde es schnell wieder leise und sie hörten unserer Lehrerin schweigend zu. „Das ist Ryan, euer neuer Mitschüler. Bitte behandelt ihn mit Respekt!"

Sie schaute ihn an, aber als er zu verstehen gab, dass er nichts sagen möchte, nickte sie und wies ihn auf den Platz neben mir.

Neben mir hörte ich jemanden sagen: „Passt doch. Psycho neben Psycho!" Ein paar lachten.

Als Ryan sich neben mich setzte, sagte er kurz „Hallo" und schwieg dann für den Rest des Unterrichts.

Als er einen Stift aus seinem Mäppchen holte, sah ich ganz kurz eine Narbe an seiner Hand. Sie schien sich den ganzen Arm hinaufziehen. Als er bemerkte, dass man sie sah, schob er ganz schnell seinen Pulli wieder darüber. Ich hörte kein Geflüster der andern, deshalb konnte ich davon ausgehen, dass es kein anderer gesehen hatte.

Als es zur großen Pause läutete, packte ich meine Sachen ein und holte mein Essen heraus. Ryan hatte es scheinbar ziemlich eilig und war schon längst draußen.

Ich lief den Schulflur entlang und an meine Lieblingsstelle auf dem Schulhof. Es war die ruhigste und schönste Stelle auf dem ganzen Campus! Hier konnte man ungestört sein.

Als ich gerade um die Ecke biegen wollte, sah ich Ryan dort auf dem Mäuerchen sitzen. Ich wollte mich gerade wieder umdrehen, weil ich dachte, er wollte allein gelassen werden. Da hörte ich ihn rufen: „Du kannst schon dableiben!"

Ich lief langsam zu ihm hin und setzte mich neben ihn. Er sah traurig und erschöpft aus.

„Ist alles ok bei dir?", fragte ich ihn besorgt. „Ja, alles ok!", antwortete er in einem sehr forschen Tonfall, dann war er still.

Ich biss gerade in mein Brot, als er sagte: „Ist die Klasse immer so?" Ich beeilte mich, mein Brot hinunterzuschlingen und antwortete: „Jein, früher war ich da auch mit dabei, bis..." Ich stockte. Er schaute mich an. „Du musst es mir nicht sagen!"

Das wusste ich, denn ich hatte noch niemandem, den ich so wenig kannte, meine Geschichte erzählt! Ich entschied mich für die Kurzversion. „...bis meine Mom gestorben ist", vollendete ich meinen Satz und schaute auf den Boden. Er schaute mich kurz an, dann schaute er auf den Boden und murmelte ein „tut mir leid".

Wir saßen eine gefühlte Ewigkeit da. „Ich kenne das Gefühl...", weiter kam er nicht, denn es läutete. Er schaute mich bittend an. „Reden wir morgen wieder hier in der Pause?" Ich nickte und überlegte, ob er vielleicht auch eine solche Geschichte hinter sich hatte... Dann liefen wir beide wieder zurück in den nächsten Unterricht.

Ich grübelte den restlichen Tag darüber nach, was er sagen wollte und was seine Geschichte war. Es ließ mir keine Ruhe. Erst als ich im Bett war und in einen tiefen Schlaf fiel, ging er mir aus dem Kopf.

Das erste Mal nach knapp einem Jahr freute ich mich auf die Schule.

Ich war 20 Minuten vor Unterrichtsbeginn auf meinem Platz. Ich war sehr aufgeregt. Es waren schon 15 Minuten vergangen und Ryan war nicht da. Die Minuten vergingen quälend langsam, doch als unsere Lehrerin in die Klasse kam, war er immer noch nicht da.

Langsam machte ich mir Sorgen. Ich hoffte, dass er nur zu spät war, aber er kam nicht. In der Pause ging ich zu dem Mäuerchen und aß mein Brot.

Konzentrieren konnte ich mich den ganzen Tag kaum. Was, wenn etwas passiert war? Ich verdrängte den Gedanken. Er war wahrscheinlich nur krank. Doch als er auch am nächsten Tag nicht in die Schule kam, machte ich mir richtig Sorgen.

Als er dann am Freitag wieder in die Klasse gehuscht kam, fiel mir ein Stein vom Herzen. Doch als er sich hinsetzte und ich ihm zulächelte, musterte er mich skeptisch, so als würde er mich nicht kennen.

Es kam mir so vor, als würde er mich gar nicht erkennen. Denn auch in der Pause sprach er nicht mit mir. Obwohl er ja eigentlich selbst am Montag gefragt hatte, ob wir mal wieder reden!

Ich verstand die Welt nicht mehr. Und mit diesem Gefühl ging ich auch ins Wochenende. Ich wollte endlich wissen, was mit dem Jungen war. Was war seine Geschichte?

Kapitel 6

Ich hatte dieses Wochenende kaum Hausaufgaben auf. Daher lag ich die meiste Zeit auf dem Sofa oder im Bett.

Mein Dad merkte irgendwie, dass mich etwas bedrückte und schickte mich deshalb öfters mal zum Einkaufen, damit ich den Kopf frei bekam.

So wie jetzt. Ich hatte den ganzen Samstagmorgen auf dem Sofa gelegen und hatte Fernsehen geschaut und nach dem Mittagessen hatte ich eigentlich dasselbe vor, aber mein Dad scheuchte mich auf und drückte mir einen Einkaufszettel in die Hand. Ich schnappte mir eine Tasche und lief zum Supermarkt.

Im Markt angekommen, schaute ich auf meinen Einkaufszettel und wunderte mich. Die gleichen Sachen hatte ich schon mal am Donnerstag eingekauft, und aufgegessen waren sie auch noch nicht. Ich kaufte trotzdem alles ein und ging nach Hause.

Wieder zuhause angekommen, kam mir mein Dad entgegen. „Ich hatte versucht dich anzurufen, aber du warst nicht erreichbar!"

Ich schaute ihn verwirrt an: "Ich hab mein Smartphone oben im Zimmer. Wieso wolltest du mich erreichen?" „Ich hatte dir den falschen Einkaufszettel mitgegeben! Könntest du bitte nochmal gehen?" Ich verdrehte die Augen und ging wieder los.

Zum zweiten Mal im Supermarkt war ich schon echt müde, denn der Weg dorthin war nicht gerade kurz. Ich packte jetzt die Sachen ein, die wesentlich mehr Sinn machten, und ging zur Kasse.

Als ich gelangweilt aus dem Supermarkt hinausschlenderte, kam mir ein Junge entgegen. Ich erkannte ihn nicht gleich - aber als er zu mir „Hallo" sagte, machte es klick und ich wusste es: Es war Ryan, der sonderbare Junge aus er Schule.

Ich war plötzlich sehr aufgeregt und auch überrascht. Er lächelte mich an und ging dann weiter.

Ich war total perplex. Gelächelt hatte er noch nie, und dass er mich erkannt hatte, nachdem er am Freitag so komisch war. Ich lief nach draußen.

Diese Begegnung war eigenartig. Aber er hatte ein schönes Lächeln. Plötzlich war ich gar nicht mehr müde. Ich hüpfte fast den Weg nach Hause, und auch als ich zuhause ankam, räumte ich die Einkäufe ein und sang vor mich hin.

Mein Dad schaute mich kopfschüttelnd an und sagte: „Ich glaube, ich muss dich öfters zum Einkaufen schicken!"

„Wehe!", sagte ich und musste lachen. Dann lief ich in mein Zimmer und schnappte mir die Kamera.

Es war das erste Mal, dass ich Lust hatte, sie auszuprobieren. Ich hatte sie schon mal in der Hand, hatte aber nichts verstanden und sie dann wieder weggelegt.

Ich lief hinaus in den Garten und setzte mich unter den Apfelbaum. Ich hörte die Vögel singen und hier und da kam ein weicher Luftstoß, der sanft durch mein Haar blies.

Lächelnd schaltete ich die Kamera ein und drückte mal auf den Knopf oder drehte etwas an dem Objektiv herum. Ich sah, wie mein Dad lächelnd aus dem Küchenfenster schaute. Er beobachtete mich und er war glücklich.

Als ich vor Freude anfing zu schreien, weil ich herausgefunden hatte, wie man den Fokus manuell einstellt, kam er schnell und besorgt nach draußen gerannt.

Ich erklärte ihm, was der Grund meiner Freudenschreie war. Erleichtert ging er kopfschüttelnd und mit einem Schmunzeln wieder ins Haus zurück und machte weiter den Abwasch.

Ich freute mich so irrsinnig, dass ich die unmöglichsten Bilder machte und es machte richtig Spaß! Ich zog sie auf meinen Computer und bewunderte sie. So schlecht waren sie gar nicht geworden!

In dieser Nacht träumte ich von einem wunderschönen Bild von Brúna. Als mir gerade Brúna in den Kopf kam, wachte ich auf. Wie ging es ihr eigentlich? Ich beschloss schnell, mein Smartphone aus der Küche zu holen und Cathleen über WhatsApp zu fragen.

Also schob ich die Bettdecke zur Seite und schlich durch den dunklen Flur die Treppe herunter in die Küche. Dort schnappte ich mir mein Smartphone und schrieb schnell eine WhatsApp:

Hallo Cathleen, wie geht es

denn Brúna und Hrimnir? Hoffentlich

hast du nicht so einen großen Stress und wir

sehen uns mal wieder!

Liebe Grüße Liz

Dann steckte ich es ein, lief in mein warmes Bett und schlief schnell wieder ein.

Am Montagmorgen stand ich mit einem guten Gefühl auf. Ich lief ins Bad und putzte mir die Zähne. Danach zog ich mich an und lief nach unten, um mein Pausenbrot zu schmieren.

Mein Dad schaute mich belustigt an. „Was?", fragte ich ihn lachend. „Darf man etwa nicht gut drauf sein?" Mein Dad lachte und ich schnappte mir meine Schultasche und lief los.

Ich hatte es nicht weit bis zu meiner Schule und war wieder viel zu früh dran. Ich beschloss noch ein bisschen auf dem Schulhof zu bleiben, denn die Klassenräume waren meistens so stickig, dass man kaum Luft bekam!

Es war ein kühler Morgen, daher zog ich mir meinen Schal weiter ins Gesicht. Langsam kamen die anderen Schüler.

Mir wurde draußen richtig kalt und ich ging ins Klassenzimmer. Gerade hatte ich mich hingesetzt und meine Sachen für die erste Stunde ausgepackt, da kam er auch schon, Ryan! Er lächelte mir zu, mein Herz machte einen Sprung!

Unsere Lehrerin kam auch schon ins Klassenzimmer und bat um Ruhe. Also flüsterte ich ihm schnell ein „Hallo" zu und versuchte mich dann auf den Unterricht zu konzentrieren.

Als es zur Pause klingelte, packte er wieder ziemlich schnell seine Sachen in die Tasche, aber diesmal hetzte er nicht hinaus, sondern blieb an seinem Platz sitzen.

Erst als ich auch fertig war, stand er auf und ging mit mir nach draußen. Wow, das hatte schon lange niemand mehr für mich gemacht! Als wir an unserem Plätzchen ankamen, war kurz Ruhe. Aber dann schaute mich Ryan an und mir wurde unwohl. „Wie heißt du eigentlich mit Nachnamen?", fragte er mich. „Ich heiße Summer und du?" „Hunter", sagte er und verstummte.

Mir kam der Name irgendwie bekannt vor, ich wusste aber nicht woher. Da rannte eine Gruppe Schüler lachend an uns vorbei. Sie waren so unbeschwert und glücklich. Ich schaute ihnen hinterher.

„Es ist irgendwie komisch, Leute so glücklich zu sehen, oder?", sagte Ryan plötzlich und schaute mich an. Ich beobachtete immer noch die anderen Schüler auf dem Hof und hörte deshalb nur halb zu und antwortete automatisch mit einem „Ja".

Bis mir das, was er gesagt hatte, ganz in mein Bewusstsein drang. „Du kennst das Gefühl auch?", fragte ich erstaunt. Er schaute mich aus seinen dunklen Augen an.

Ich erkannte Unsicherheit, aber auch einen kleinen Schimmer Vertrauen darin. Doch was ihm auch immer auf dem Herzen lag, um es zu sagen, war es zu früh. Es entstand eine unbehagliche Stille. Ich wusste nicht, was ich noch sagen sollte. Ob es ihm genauso ging? Oder war er gerade in Gedanken woanders?

Zum Glück läutete es in diesem Moment und wir liefen zurück ins Schulgebäude in den nächsten Unterricht.

Nachmittags lag ich grübelnd mit der Kamera neben mir unter dem Apfelbaum. Woher kannte er das Gefühl? Ist er so ein bisschen wie ich und kann ich ihm vielleicht helfen? Doch die Antwort wusste ich bereits.

Auch wenn es so wäre, könnte ich ihm nicht helfen, jetzt noch nicht! Das wusste ich ja aus eigener Erfahrung. Aber eigentlich ging es mir gerade ziemlich gut.

Ich merkte zum ersten Mal die angenehme Kühle, die das Gras unter mir ausstrahlte, und die frische Luft machte mich irgendwie lebhaft. Ich setzte mich auf und sah neben mir die Kamera. Ich schnappte sie mir und lief durch die Koppel in den Wald, um dort Bilder zu machen.

Es war schon später Nachmittag und die Sonne schien schräg zwischen den Baumstämmen hindurch. Es war ein wunderschönes Licht! Ich entdeckte sogar ein paar Pilze und erwischte einen Specht, wie er sich gerade auf einem Ast putzte. Schon längst dachte ich nicht mehr an Ryan.

Als ich vor lauter Fotografieren langsam müde wurde, setzte ich mich kurz hin und genoss die Stille. Das einzige, was ich hörte, war das Zwitschern der Vögel, der Wind, der das Laub aufwirbelte und ab und zu mal ein Rascheln im Unterholz. Es war ruhig, doch trotzdem war es nicht still!

Als es anfing zu dämmern, lief ich wieder nach Hause, wo mich mein Dad gleich wieder fragte, wo ich denn gewesen sei. Doch als ich ihm sagte, dass ich im Wald gewesen war, nickte er nur und meinte, ich sollte mich das nächste Mal bei ihm melden, wenn ich weiter weg gehen würde.

Mein Dad und ich richteten das Abendbrot und aßen zusammen. Das war schon lange nicht mehr vorgekommen.

Nach dem Essen half ich noch Spülen und dann ging ich hinauf in mein Bett und schnappte mir das Buch, das ich gerade las, und kuschelte mich in die weiche Decke.

Es war sehr spannend und wie immer, wenn ich ein Buch las, vergaß ich die Zeit. Ich las bis spät in die Nacht und erst als ich das Buch zu Ende gelesen hatte, schaute ich auf meinen Wecker und erschrak: es war schon mitten in der Nacht! Höchste Zeit, um einzuschlafen, schließlich war morgen Schule! Ich legte das Buch weg und drehte mich um, ich hörte eine Eule schreien und den Wind durch die Bäume wehen. Und dann schlief ich ein.

Ich wachte diesen Morgen nicht wie üblich vom Klingeln des Weckers auf, sondern von einem unsanften Rütteln an meiner Schulter. „Aufstehen Liz! Wir haben verschlafen!" Sofort war ich hellwach und saß kerzengerade im Bett, ich schaute auf den Wecker. Zwanzig vor acht! Und um acht begann die Schule. Ich zog mich schnell an und rannte ins Bad, als ich in den Spiegel schaute, war ein großer roter Fleck auf meiner Stirn.

Ein Pickel, auch das noch! Aber er war mir jetzt egal. Ich rannte hinunter in die Küche. Zu frühstücken reichte es mir jetzt nicht mehr, deshalb schnappte ich mir eine Banane. Dann zog ich meine Schuhe und meine Jacke an und wir stiegen ins Auto.

Normalerweise lief ich, aber sonst wäre ich zu spät gekommen. Mein Dad fuhr, obwohl wir so im Stress waren, noch vorsichtig, aber ich krallte mich wie verrückt an meinem Sitz fest. Die Panik vor dem Fahren war immer noch enorm.

Schweißgebadet kamen wir vor der Schule an. Ich sagte meinem Dad „tschüss" und flitzte, so schnell ich konnte, in den zweiten Stock. Gerade rechtzeitig schlüpfte ich vor unserer Lehrerin ins Klassenzimmer auf meinen Platz.

Ich war ganz außer Atem und Ryan schaute mich belustigt an. „Verschlafen?", fragte er und grinste. Ich nickte nur und lächelte. „Wann bist du denn aufgewacht?", fragte er mich leise, denn der Unterricht hatte schon begonnen.

Mittlerweile konnte ich wieder reden und sagte: „Zwanzig vor acht. So schnell war ich noch nie!" Ich lachte.

Da stand plötzlich unsere Lehrerin vor uns und sagte: „Liz, Ryan, seid ihr bitte auch leise! Eure Gespräche könnt ihr auch in der Pause fortsetzen!" Wir nickten beide und waren dann auch still.

In der großen Pause liefen wir wieder zusammen auf den Campus. „15 Minuten war mein Rekord", sagte er und lachte. „Aber das war auch noch in meiner alten Schule, die war noch nicht so weit weg." „Falls ich deinen Rekord breche, gebe ich dir Bescheid!", sagte ich und biss in meine Banane.

Darauf lachte er, „Ja dann viel Spaß! Ich war danach hundemüde und wäre fast im Unterricht eingeschlafen!" Jetzt musste ich lachen. „Auf welcher Schule warst du denn früher?"

„Auf der Highschool am anderen Ende der Stadt", sagte er und lächelte. "Du warst mal auf der Highschool?", fragte ich dann erstaunt. Ja", sagte er und schaute auf den Boden. Ich musste irgendwie das Thema wechseln. „Ganz schön kalt heute!", sagte ich und das war noch nicht einmal gelogen!

Nach diesem Vormittag war ich ziemlich erschöpft. Ich wollte nur noch schlafen! Aber wir hatten so einen großen Berg an Hausaufgaben auf! Ich beschloss, sie hinter mich zu bringen, und packte schon mal Mathe aus. Das war mein schwächstes Fach und die Aufgaben waren auch nicht gerade leicht. Ich war schon heilfroh, dass ich das hinter mir hatte, aber darauf folgten noch Deutsch und Geschichte.

Als ich gerade mein Deutschheft zuklappte, kam mein Dad mit einem Teller und einem Glas in der Hand ins Zimmer. Er hatte mir ein paar Brote ge-schmiert, und da fiel mir auch auf, dass ich einen sehr großen Hunger hatte! Ich aß die Brote und stellte den Teller zurück in die Küche. Dann sagte ich meinem Dad noch, dass ich schon schlafen ginge, und legte mich hin. Das Bett war kuschelig weich, deshalb schlief ich schon nach kurzer Zeit ein.

Es waren schon fast drei Wochen, seitdem Ryan in der Schule aufgetaucht war. Und langsam wurde auch das Vertrauen größer. Ich erfuhr immer mehr über sein Leben, seine Hobbys und seine Familie, und er erfuhr auch viel über mich. So verabredeten wir uns manchmal. Ryan war schon zweimal bei mir zu Hause gewesen, aber ich noch nie bei ihm. Das sollte sich diesen Samstag ändern!

Aufgeregt stand ich vor der Adresse, die mir genannt worden war. Es war ein ziemlich großes Haus mit einem schönen Garten. Ich stand davor und drückte auf die Klingel.

Eine Zeit lang geschah gar nichts, doch als ich das zweite Mal drücken wollte, machte eine zierliche Frau die Türe auf. Sie hatte eine Schürze an, weshalb ich dachte, sie sei gerade am Kochen. Und meine Vermutung bestätigte sich, als mir ein feiner Essensgeruch entgegenkam.

„Hallo, du musst Liz sein! Ich bin Ryans Mutter, nenn mich einfach Kristin", lächelnd streckte sie mir die Hand entgegen.

Ich sagte, „hallo" und erwiderte ihre Geste. Verwundert blickte ich sie an, wow, Ryans Mutter war ja richtig hübsch! Ryan sah ihr so ähnlich!

„Ryan ist in seinem Zimmer. Geh einfach die Treppe hinauf und dann rechts." „Danke", sagte ich und ging hinauf. Oben angekommen, stand ich in einem breiten Flur. Links und rechts waren Türen und es war hell beleuchtet. Ich ging in die erste rechte Tür, so wie es mir beschrieben wurde. Als ich eintrat, kam mir eine leise Musikwelle entgegen.

Ryan tüftelte irgendwas an seinem Schrank herum und hörte mich erst nicht. Erst als ich mich räusperte, zuckte er zusammen. „Liz, du bist es! Ich hab mich mega erschrocken!", gab er zu und lachte. Ich grinste zurück und schaute mich dann ein bisschen im Zimmer um. Es war ein weiß gestrichener, heller Raum mit schlichten modernen Möbeln. Er hatte sogar ein Sofa an der hinteren Wand stehen! „Schönes Zimmer", sagte ich zu ihm. Er lächelte verlegen. „Danke, wir haben es erst vor kurzem neu eingerichtet. Soll ich dir das Haus zeigen oder willst du hier im Zimmer bleiben?"

Nach kurzem Überlegen entschied ich mich für die Hausführung. Wir gingen erst nach unten, dort ging Ryan voraus in die Küche, wo gerade Kristin kochte. Sie begrüßte uns fröhlich.

Die Küche war hell, groß und schlicht, aber geschmackvoll eingerichtet. Mit viel Weiß und Schwarz. Gleich neben der Küche war der Essbereich. Eine Fensterfront brachte Licht in den Raum und man hatte einen schönen Blick auf den Garten.

Wir gingen nach draußen. Er war wunderschön bepflanzt und sehr gut gepflegt. In einem Teil des Gartens standen auch ein paar Obstbäume. Und nebenan entdeckte ich noch ein kleines Beet, in dem Salat, Kohlrabi, Radieschen und mehrere Kräuter wuchsen. Wir liefen über den Rasen zu einer anderen Seite des Hauses und betraten durch eine Schiebetüre das Wohnzimmer. Es war sehr groß. Ein Flachbildschirm stand auf einem Regal, gegenüber zwei Sofas und ein kleiner Tisch. Wir liefen durch den Eingangsbereich, den ich ja schon kannte, die Treppe hinauf nach oben. Oben waren hauptsächlich Schlafzimmer, Arbeitszimmer und ein Bad.

Da rief uns Kristin und wir gingen nach unten in die Küche. Sie hielt ein Blech mit Muffins in der Hand. „Wollt ihr sie probieren?" Ryan schaute mich an und musste lachen. „So wie Liz schaut, glaube ich schon", sagte er und half seiner Mutter, die Muffins auf zwei Teller zu verteilen.

Mit dem noch ofenfrischen Gebäck gingen wir nach draußen und setzten uns unter einen der Obstbäume. Ich biss in einen der Muffins: "Hmmm, Schokomuffins!", sagte ich und kaute genüsslich. Wie kann man nur so göttlich backen, dachte ich mir und sagte dies dann auch zu Ryan.

Er lachte. „Viele der Rezepte, die meine Mutter kocht, sind uralte Familienrezepte und ihr macht so etwas Spaß und das schmeckt man auch."

Jetzt fiel mir auf, dass der Muffin nicht nur nach Schokolade, sondern auch nach Zimt, Nelken... ja, so ein bisschen weihnachtlich schmeckte. Es waren auf jeden Fall die besten Muffins, die ich in meinem Leben gegessen hatte!

Als ich den letzten Muffin auf meinem Teller gegessen hatte, war ich aber echt satt! Ryan schlug vor, dass wir zusammen ein Kartenspiel spielen könnten. Ich war sofort begeistert.

Viel zu schnell ging die Zeit vorbei. Wir hatten gerade die sechste Runde fertig gespielt, da läutete es und mein Dad stand vor der Türe.

Er brachte mich nach Hause, wo ich dann völlig erschöpft ankam. Satt war ich immer noch von den Muffins. Deshalb legte ich mich gleich in mein kuscheliges Bett und dachte über den Tag nach. Er war so schön gewesen! So unbeschwert und so frei. Ich hatte eine ganz neue Erfahrung gemacht und diese phantastischen Muffins gegessen. Bei der Erinnerung lief mir wieder das Wasser im Mund zusammen, aber mein Bauch wehrte sich. Langsam dämmerte ich ein und sank in einen ruhigen und tiefen Schlaf.

Das zweite Mal, als ich bei ihm war, war eine sehr ausgelassene, fröhliche Stimmung. Mittlerweile kannten wir uns schon besser, konnten Späße machen, ohne dass der andere es gleich falsch verstand. Ich genoss den Moment. Es war anders als beim letzten Mal.

Er hatte mich gerade gefragt, was mein Lieblingslied wäre, und hatte dabei bemerkt, dass er eine ganz andere Musikrichtung hört.

Trotzdem versuchte er jetzt irgendwie das Lied, mein Lieblingslied, über seine Boxen laufen zu lassen. Aber es funktionierte nicht wirklich, die Box wollte sich nicht über Bluetooth mit meinem Smartphone verbinden. Wir lachten beide darüber. Ich saß auf seinem Schreibtischstuhl und spielte mit meinem Haargummi herum, als ich aus dem Augenwinkel eine kleine Papierecke aus seiner Schreibtischschublade herausschauen sah. Bei genauerem Hinsehen entpuppte es sich als ein Zeitungsartikel.

Ich wusste eigentlich, dass mich das nichts anging, aber die Neugier siegte und ich zog ihn heraus und nahm ihn in die Hand. Ich las gerade die Überschrift, als Ryan merkte, dass ich still war, und schauen wollte, was ich denn machte. Als er den Zeitungsartikel in meinen Händen sah, sprang er schnell auf und riss ihn mir aus der Hand. Ich zitterte. War er etwa auf mein Geheimnis gekommen?

Aber als er jetzt die Situation zu überspielen versuchte, merkte ich, dass es etwas mit ihm zu tun hatte. Er fragte mich, ob ich auch von diesem Unfall mitbekommen hatte und ob ich ihn auch so schrecklich fand. Ich war geschockt.

Denn dieser Unfall war MEIN Unfall. Bei diesem Unfall starb MEINE Mutter. Seit diesem Unfall war nichts mehr wie zuvor!

Ich musste es ihm sagen, denn länger hielt ich es so nicht aus.

„Ryan... dieser Unfall hat mein Leben verändert!", hörte ich mich sagen.

Ich traute mich nicht, ihn anzusehen, es war plötzlich Totenstille im Raum. Aber in meinem Inneren tobte ein Sturm. Ein Sturm von Gefühlen, Erinnerungen und Hoffnungen. Ich hörte ihn irgendwas sagen, es war sehr undeutlich und ich wusste nicht, ob ich es richtig verstanden hatte. Außerdem wäre diese Antwort ziemlich absurd.

Ich tat also erstmal so, als hätte ich es richtig verstanden, und wartete, bis er weiterredete. Er faselte irgendwas von seinem Dad und einem Unfall, diesem Unfall?

Ich wusste es nicht. Ich verstand immer noch nicht so viel. Aber ich wollte ihn nicht unterbrechen, da er echt traurig aussah. Ich glaubte sogar, ihm rollte eine Träne über die Wange. Aber das wusste ich nicht mehr so genau, denn ab diesem Moment war ich in meiner eigenen Gedankenwelt.

Ich hatte das Bild auf dem Zeitungsausschnitt gesehen. Unser altes Auto, völlig in Trümmern. Ich tauchte nochmal in die Vergangenheit ein und meine ganzen Gefühle kamen wieder hoch. Erst die Müdigkeit, dann die Angst vor diesen zwei Lichtern, die auf uns zurasten, und dann kam auch schon der Zusammenprall. Der Schrei meiner Mom dröhnte wieder in meinen Ohren, der laute Knall, ja sogar ein ganz leises, verschwommenes Sirenenheulen.

Ich versuchte mich auch an die kleinen Details zu erinnern, aber da war nichts.

Moment Mal, wenn ich das vorhin doch richtig verstanden habe, dann heißt das doch... Nein! Nie im Leben..., aber es muss so gewesen sein!

Kapitel 7

Ich wollte einfach nach Hause und in Ruhe über das nachdenken, was ich da mitbekommen hatte. Deshalb hatte ich mich schnell bei ihm bedankt und gesagt, ich müsste nach Hause. Ich glaube, dass mein Abgang etwas verstört wirkte. Aber das war mir egal.

Sollen sie doch denken, was sie wollten. Es kann einfach nicht sein, dass Ryans Vater der Fahrer des anderen Autos war! Hätte ich Ryan doch zugehört, als er so vor sich hin faselte, dann wüsste ich jetzt vielleicht mehr. Aber, wie gesagt, die Vergangenheit kann man nicht ändern, sonst hätte ich es schon getan. In diesem Moment piepste mein Smartphone.

Ich hatte eine WhatsApp von Ryan bekommen. Ohne sie durchzulesen, schmiss ich mein Smartphone aufs Bett. Ich wollte nicht mit ihm schreiben. Er wollte doch eh nur wissen, was mit mir los war. Wegen seinem Vater ist meine Mom tot!

Am besten lasse ich nie wieder eine Person so nah an mich heran. Ich würde ja sowieso nur wieder enttäuscht werden, wie bei Elena. Ach, wie ich es hasste!

Was ist Freundschaft eigentlich? Bei den meisten hörte sich das immer so schön an. Man vertraut sich, hat keine Geheimnisse, kann alles teilen, was man gerade denkt... aber in Wirklichkeit? Okay, bei anderen war das vielleicht immer so, aber warum bei mir nicht? Bin ich zu blöd oder wirklich ein Psycho? Ich lachte unter Tränen in mich hinein.

Doch dann packte mich die Neugierde. Ich schnappte mir meinen Computer und suchte nach diesem Unfall. Es gab einige Berichte. Ich fand sogar den Artikel, welchen Ryan in seinem Zimmer hatte.

Mir kamen die Tränen, als ich ihn las. Und auch meine Vermutung stimmte. In dem Bericht wurde von einer Toten, zwei Verletzten und einem Schwerstverletzten gesprochen. Dies musste Ryans Vater gewesen sein! Doch weitere Berichte über den Gesundheitszustand gab es nicht. Wahrscheinlich wird er auch gestorben sein, wie meine... Weiter kam ich nicht, denn ich musste schluchzen. Wieso muss die Welt so ungerecht sein? So grau und ohne Farbe. Ich stellte mir vor, dass in den Minuten, in denen bei mir der schlimmste Moment in meinem Leben passierte, bei anderen Menschen der schönste war. Diese Vorstellung war beängstigend.

Immer, wenn ich gerade glücklich war, geschah etwas, was die Laune wieder in den Keller katapultierte und das mit vollem Karacho.

Doch das Leben geht weiter. Man durfte nicht dort im Keller sitzen bleiben, weil man den langen Weg nach oben nicht versuchen will. Weil man Angst hat zu stürzen, sich dabei etwas zu tun, und dann der Weg noch schwerer werden würde.

Meine Gedanken wagten sich immer weiter vor. Man muss an sich glauben und wissen, was sein Ziel ist. Denn sonst ist man immer im eigenen kalten, düs-

teren Keller gefangen und würde irgendwann vergessen, wie schön es sein kann, frei zu sein und sein Leben
zu genießen. Und wenn man dies nicht mehr weiß, hat
man kein Ziel mehr.

Da wurde mir klar: Ich wollte aber leben, wollte
kämpfen! Und nicht darauf hören, was andere zu mir
sagten! Ist jeder Mensch nicht einzigartig? Und sollte
er nicht diese Einzigartigkeit ausleben können? Doch
ganz alleine schafft man das manchmal nicht.

Ich könnte jetzt auch sehr gut einen Freund an meiner Seite gebrauchen. Was sollte ich tun? Ich schrieb
meinen Freund, der mich unterstützte, ab, weil sein
Vater Mist gebaut hatte? Ok, es war sehr großer Mist,
aber was konnte Ryan dafür?

Ich kannte seinen Vater nicht und ich dachte, dass
ich ihn auch nie kennenlernen würde, so traurig wie
Ryan über ihn geredet hatte. Das hatte sich sehr nach
meinen Worten angehört, wenn ich über meine Mom
redete. Und er würde auch bestimmt nicht absichtlich

Autos auf der Landstraße zusammenfahren und sich dabei selbst schwer verletzen.

Diesmal hatte ich Scheiße gebaut. Ich war zu arg auf meine Mom fixiert, um mich in Ryan hineinzuversetzen. Ihm musste es ja genauso gehen wie mir. Und ich Idiot rannte davon und wollte nicht mehr mit ihm sprechen. Ich hatte ihm das letzte Mal nicht mal zugehört und wusste nicht, wie ich das jetzt wieder gutmachen sollte...

Ich hatte es dann doch getan! Ich wählte Ryans Nummer, um ihn anzurufen. Als er endlich hinging, hörte er sich ziemlich gereizt an. Aber ich meinte, auch ein bisschen Erleichterung herausgehört zu haben. Das konnte ich mir jedoch auch nur eingebildet haben. Ich hatte mich entschuldigt und ihm gesagt, dass ich ihm alles erklären möchte, wenn er morgen Mittag zu mir käme. Er zögerte kurz, doch dann stimmte er zu.

Einen Tag später saßen wir zusammen in meinem Zimmer. Er war pünktlich gekommen, aber etwas stimmte nicht mit ihm. Das hatte ich ihm gleich angesehen, als er kam. Doch wir saßen hier und das war schon mal gut.

Das Reden fiel mir schwerer, als gedacht. Ich hatte mir schon davor Gedanken gemacht, was ich sagen wollte, aber es war wie weggepustet. Ich faselte unverständliche Sätze, viel zu schnell und zu undeutlich. Ryan hörte mir trotzdem zu. Auch wenn er wahrscheinlich nichts verstand. Er war ein guter Zuhörer, das hatte ich schon bei den letzten Besuchen bei ihm bemerkt. Doch heute war es Gold wert.

Ab und zu reichte er mir ein Taschentuch, denn ich war schon wieder in Tränen ausgebrochen.

Wie toll es war, einfach so einen Freund zu haben! Einer, der einem zuhört und trotz seiner eigenen Probleme neutral bleibt. Ich bewunderte Ryan wirklich. Dass er, nach allem, was er durchgemacht hatte, trotzdem so verständnisvoll war. Klar, niemand war perfekt, aber er war schon verdammt nah dran.

Als ich mit meinen Erzählungen geendet hatte, schaute ich ihn unsicher an. Ich wusste nicht, ob er jetzt erzählen wollte und ich mochte auch nicht nachfragen, was jetzt mit seinem Vater war. Doch als ich mir gerade überlegte, wie ich jetzt diese Situation überspielen sollte, begann er zu erzählen:

„Vor diesem Unfall lebte ich auch in einer heilen Welt. Ich hatte Freunde, in der Schule lief es gut. An diesem Abend saß ich in meinem Zimmer. Mein Dad war arbeiten. Alles war eigentlich wie immer, wie jeden Freitag. Als er dann nicht nach Hause kam und sich nicht meldete, hab ich mir zwar Gedanken gemacht, aber es kam schon mal vor, dass er doch im Geschäft übernachtet hatte. Aber als wir dann auch am nächsten Morgen nichts von ihm gehört hatten, machte sich meine Mutter echt Sorgen. Das hat mich natürlich auch angesteckt, aber ich versuchte, von nichts Schlimmem auszugehen. So um zwölf Uhr klingelte es an der Haustüre. Ich öffnete und da standen zwei Männer.

Weiter kann ich mich nicht genau erinnern, ich weiß nur, dass sie von der Polizei waren und dass sie von einem Unfall berichteten. In dem Moment kam meine Mutter dazu und sie haben alles wiederholt. Erst da hab ich es verstanden.

Unfall, Krankenhaus, mein Vater ist nicht zuhause... Meine Mutter und ich setzten uns sofort ins Auto und wir fuhren in die Klinik. Zu diesem Zeitpunkt wussten wir noch nicht, wie es ihm geht, denn die Polizisten wussten darüber auch sehr wenig.

Als wir dann am Krankenhaus ankamen, teilte uns ein Doc mit sehr ernster Stimme mit, dass er auf der Intensivstation liegen würde."

Ich wusste nicht, was ich sagen sollte. Ich spürte, wie mir die Tränen über die Wangen kullerten, aber ich ignorierte sie. Stattdessen fragte ich vorsichtig: „Heißt das, er hat nicht überlebt?" Er schaute mich an: „Er liegt seit diesem Unfall im Koma. Die Chancen stehen ziemlich schlecht für ihn. Und auch, wenn er es schafft, wird er das Leben neu erlernen müssen. Eventuell wird er nicht mehr wissen, dass er eine Familie hat, wird nicht laufen oder sprechen können."

Dann machte Ryan eine lange Pause. „… und ganz ehrlich, langsam geht uns auch das verdammte Geld aus, um seine ganzen Behandlungen zu bezahlen."

Ich schaute ihn erschrocken an. „Heißt das etwa, er könnte vielleicht überleben, wenn das Geld da wäre?" „Ja", dann schaute er auf seine Uhr. „Mist, ich muss gehen." Er schaute mich an und ich nickte nur.

Wir liefen zusammen hinunter. Nachdem er seine Schuhe gebunden hatte und aufstand, sah er meinen besorgten und nachdenklichen Blick.

Er umarmte mich. ER UMARMTE MICH!! Das hatte schon so lange keiner mehr gemacht. Ich fühlte mich geborgen. Er flüsterte mir etwas ins Ohr, dass sich wie "Mach dir keine Sorgen um mich" anhörte. Dann ging er hinaus. Er drehte sich am Straßenrand nochmal um, lächelte kurz und verschwand.

Wie schlimm es doch sein musste, nicht zu wissen, wie es mit seinem Vater weitergehen würde! Es könnte auch jeden Moment sein, dass sie anrufen und sagen, dass er soeben gestorben war. Oder wenn sie ihn besuchten, ihn da regungslos liegend, an Maschinen angeschlossen, sahen... Oder er schaffte es und konnte dann gar nichts mehr, nicht laufen, nicht sprechen, nichts! Bei diesem Gedanken bekam ich Gänsehaut.

Wie schaffte Ryan das, wie schaffte er es, trotz dieser Ungewissheit manchmal so fröhlich und lebendig zu sein?

Mittlerweile lag ich wieder auf meinem Bett. Ich lag nur da und ließ meinen Gedanken freien Lauf. Immer wieder kam mir einer seiner letzten Sätze in den Kopf. „Und ganz ehrlich, langsam geht uns auch das verdammte Geld aus, um seine ganze Behandlung zu bezahlen." Das hatte er gesagt.

Ich hatte noch nie daran gedacht, dass ein Menschenleben von Geld abhängig sein könnte. Vor allem nicht bei dem Leben von Ryans Vater. Sie haben so ein schönes, großes und modernes Haus. Doch so kann man sich täuschen. Wie so oft im Leben, das hatte ich ja auch schon mitbekommen.

Ich besuchte Ryan, sooft ich konnte und hatte eigentlich immer meine Kamera mit. Egal, wohin wir gingen. Ich wusste zwar nicht, wieso ich sie immer mitnahm, aber es gab immer etwas zu fotografieren.

Einmal begleitete ich Ryan sogar mit ins Krankenhaus. Ich selbst hatte noch vage Erinnerungen an die Zeit, wo ich selbst hier lag. Und so wie ich jetzt durch die Gänge lief, kam es mir vor, als wäre es erst gestern gewesen. Als würde sich die ganze Enttäuschung, Anspannung und Ungewissheit, die hier in den Fluren lauert, wieder auf meine Schultern legen. Doch ich schluckte den dicken Kloß im Hals hinunter und ging weiter. Immer Ryan hinterher. Vorbei an dem ganzen Lärm, den Krankenhausbetten, den Wartezimmern und den Ärzten.

Er hatte beide Hände in den Jackentaschen. Wahrscheinlich umklammerte Ryan wieder den Zeitungsbericht, den er eigentlich immer mit sich herumtrug. Er war schon ganz vergriffen und zerfetzt, doch ihn interessierte das nicht.

Manchmal hatte ich das Gefühl, dass er vergessen hatte, dass ich auch dabei war, aber dann hielt er mir doch die nächste Türe auf. Mir war das ganz recht. Lieber, er vergaß, dass ich dabei war, als dass ihm bewusst würde, was ich in diesem Gemäuer schon alles mitgemacht hatte. Ich hasste es, wenn Leute mich bemitleiden!

Dann standen wir vor einer Türe. Er öffnete sie leise und trat ein. Der Raum hatte etwas Beängstigendes. Es war so unglaublich ruhig. Nur ein paar Maschinen surrten und piepsten manchmal. Aber es war nicht allein der Raum. Sondern als ich jetzt auch die Person bemerkte, die in der Mitte des Raumes lag, musste ich aufpassen, dass nicht wieder die Wut in mir aufstieg.

Doch als ich jetzt sah, wie Ryan sich neben seinen Vater setzte und anfing zu weinen, waren alle Gedanken, die mit mir zu tun hatten, wie weggepustet. Langsam kullerte mir eine Träne über die Wange. Der Anblick von den Beiden brach mir fast das Herz. Auch wenn ich diesen Mann nicht kannte. Ich kenne diesen Jungen. Und so wie ich ihn gerade sah, hatte ich ihn noch nie gesehen. Ich wusste selbst, wie schwer es war, einen Menschen, den man liebt, einfach loszulassen. Und ich hoffte für keinen, dass er dies je miterleben musste. Denn wenn man einmal weiß, wie dunkel und ungerecht das Leben sein konnte, war man umso glücklicher über die Momente, in denen man zufrieden war. Und genau das muss Ryan wieder lernen.

Es musste mal endlich etwas Schönes oder Glückliches in seinem Leben passieren. Dass er wieder Mut und Willen aufbaute, um wieder das Leben zu genießen und wirklich glücklich zu sein. Denn das lernt man erst, nachdem man einmal gefallen war. Doch dafür musste er selbst aufstehen.

Konnte ich ihm nicht irgendwie helfen? Das war mein Gedanke nach diesem Krankenhausbesuch, und er ließ mich nicht mehr los. Sogar als ich durch den verschneiten Wald streifte, natürlich mit Kamera, kreisten mir diese Worte noch so durch den Kopf. Das wunderte mich, denn normalerweise vergaß ich alles, wenn ich alleine im Wald war: meinen ganzen Alltagsstress und meine Probleme. Stattdessen konzentrierte ich mich auf meine Fotos. Sie waren wie Seelenmülleimer. Das klingt komisch, aber wer dieses Gefühl kennt, wird es verstehen.

Was konnte man denn machen? Versuchen im Lotto zu gewinnen? Nein, so würde ich nicht auf eine gute Lösung kommen! Ich wollte nachher mal recherchieren, vielleicht stoße ich ja im Internet auf eine gute Idee. Denn ich wollte Ryan unbedingt wieder glücklich sehen. Das war im Moment alles, was ich wollte. Aber ich dachte, das war auch sehr viel. Denn um mir diesen Wunsch zu erfüllen, würde ich sehr viel Kraft brauchen. Das wusste ich jetzt schon.

Als ich dann recherchierte, kam erst mal ziemlich viel Schrott. Doch nach einer geschlagenen Stunde kam schließlich, was ich suchte. Na endlich. Ich hatte schon gedacht, nie etwas zu finden. Was ich gefunden hatte, war einfacher, als ich dachte. Einfach ist gut gesagt. Denn ich wusste, dass es nicht so leicht werden würde, wie ich zuerst dachte. Ich hatte eine Spendenplattform gefunden. Sie hatte sehr gute Bewertungen und auch sonst machte sie einen guten Eindruck. Hier gab es Anzeigen von Schulen, die irgendwelche Projekte finanzieren wollten, Tierschutzorganisationen oder einfach Spenden für hilfsbedürftige Personen. Ich klickte mich durch die Anzeigen und war immer mehr überzeugt davon, dass wir das auch hinbekommen würden. Wie viele beendete Projekte es hier auch gab, die meisten waren positiv! Nur sehr wenige bekamen weniger Geld, als sie benötigten.

Ich strahlte. Endlich etwas, das funktionieren könnte! Ich sicherte die Seite und schloss meinen Computer. Im Kopf malte ich mir schon aus, wie gut dies werden könnte. Ich summte sogar ein bisschen vor mich hin, als ich jetzt nach unten in die Küche ging, um mir eine Kleinigkeit zum Essen zu holen. So, wie handle ich jetzt weiter? Was sollte ich tun? Irgendwas musste ich ja noch tun können!!

Zuerst musste ich Ryan meine Idee erzählen. Es würde kaum ein Problem sein, ihn zu überzeugen. Denn er wollte ja auch nur das Beste für seinen Vater.

Dann würden wir zusammen das Projekt ins Leben rufen. Und dann hieß es warten, warten, warten. Ich musste lachen und biss in meinen Apfel. Das klang doch nach einem guten Plan, oder?

Am nächsten Tag rannte ich fast schon zu seinem Haus. Ich hatte meinen Computer im Rucksack dabei und hoffte, dass er da sein würde, denn ich hatte mich nicht angemeldet.

Doch als er jetzt die Türe öffnete und mich verdutzt anschaute, musste ich grinsen.

Er bat mich herein und ich folgte ihm in sein Zimmer. Natürlich wollte er wissen, um was es ging. Nachdem wir meinen Computer mit dem WLAN verbunden hatten, erklärte ich ihm erst meinen Plan und zeigte ihm dann die Seite. Er schaute sehr nachdenklich. Jetzt war ich mir nicht mehr so sicher, ob es eine wirklich gute Idee war. „Was meinst du?", fragte ich ihn vorsichtig. Nachdem ich das ausgesprochen hatte, schaute ich ihn an. „Naja, ich weiß nicht, ich will das

Ganze nicht so an die große Glocke hängen..." Mit dieser Antwort hätte ich nie gerechnet. Ich brauchte kurz, um zu überlegen, was ich jetzt tun sollte. „Aber schau mal, das könnte die letzte Hoffnung für deinen Vater sein! Willst du sie wirklich nicht nutzen?"

Ich war fassungslos. Wie konnte man bei so einer Chance zögern? Ich hätte alles getan, um meine Mom wieder lebendig zu sehen, wenn es möglich gewesen wäre... Was war nur los mit ihm? So kannte ich ihn nicht und das war auch ganz gut so.

Ich mochte seine fröhliche und ruhige Art und auch, wie er mit den Dingen umging und Entscheidungen traf. Denn meistens waren es die richtigen. Aber dieses Mal? Diesmal war es die falsche! Das konnte doch nicht richtig sein. Ich musste ihn irgendwie dazu überreden, dass wir es probierten. Denn sonst würde er es einmal bereuen, da war ich mir sicher. Dann würde er den Tod seines Vaters verkraften müssen und sich die Schuld geben! Und das wollte ich auf gar keinen Fall! Das wollte ich nicht!

Den ganzen Abend redete ich auf ihn ein. Aber er war immer noch so unsicher wie am Anfang. Er meinte die ganze Zeit, dass wir das eh nicht schaffen und dass wir nie so viel Geld zusammenbekämen. Langsam wurde ich auch müde. Ich konnte einfach keine Argumente mehr finden, die dafür sprachen.

Warum wollte er es einfach nicht verstehen? Man konnte es ja versuchen. Das ist aus meiner Sicht nicht zu viel verlangt.

Diese Nacht konnte ich kaum schlafen. Ich drehte mich die ganze Zeit von der einen Seite auf die andere, zupfte an der Decke herum und atmete unruhig. Ich wusste nicht, ob es an dem Vollmond lag, der ununterbrochen in mein Zimmer schien, oder an den Gedanken, die mir durch den Kopf rasten. Jetzt kamen mir die besten Einfälle. Jetzt, wo ich sie nicht brauchen konnte, und bis zum Morgen würde ich sie schon wieder vergessen haben. Ob Ryan diese Nacht schlafen konnte?

Als ich am nächsten Morgen aufwachte, tat mir alles weh. Ich hatte vielleicht zwei Stunden geschlafen und nicht mehr. Das rächte sich jetzt. Ich stand auf und musste mich erst wieder hinsetzen. So schlecht hatte ich schon lange nicht mehr geschlafen! Ich überlegte, was gestern war. Ach, soll er doch tun, was er will. Wie gerne ich ihm helfen würde, aber wenn er nicht mitzieht, konnte ich ihm nicht helfen. Das war ganz einfach!

Ich stand auf und lief ins Bad. Dort wusch ich mein Gesicht mit kaltem Wasser ab. Wie gut das tat! Dann lief ich nach unten und machte mir Frühstück.

Hmmmm, mein Dad hatte mir Rührei übriggelassen! Ich schnappte mir einen Teller und eine Tasse und setzte mich an den Tisch. Das Frühstück tat gut nach dieser langen Nacht. Langsam kam ich wieder zu Kräften. Ein Glück, dass wir gerade Ferien hatten! Sonst wäre mir das Ganze über den Kopf gewachsen. Mit den ganzen Tests und Prüfungen...

Fertig gefrühstückt, räumte ich alles in die Spülmaschine und lief nach oben in mein Zimmer. Auf dem Weg dorthin schnappte ich mir noch mein Smartphone und überprüfte es auf neue Nachrichten. Ich hatte sogar welche. Ryan hatte versucht mich anzurufen. Und eine WhatsApp hab ich auch bekommen. Aber erst, als ich in Ruhe auf meinem Bett saß, öffnete ich sie:

„Hab es mir anders überlegt, bitte melde dich!"

Ich musste es mir zweimal durchlesen, bevor ich es verstand.

Das war das Letzte, mit dem ich gerechnet hatte. Aber umso mehr freute es mich jetzt. Mein Herz machte innerlich Saltos! Ja, ich war sogar mehr als fröhlich! Ich hatte sofort zurückgerufen. Er klang ziemlich müde, hatte wohl auch nicht so gut geschlafen. Aber ich war jetzt hellwach.

Warum er sich jetzt plötzlich umentschieden hatte, fragte ich ihn nicht. Hauptsache, er machte mit!

Jetzt war ich aufgeregt. Mein Plan musste umgesetzt werden, und jetzt würde sich zeigen, ob er gut genug war oder nicht. Schließlich hing ein Menschenleben davon ab!

Ich überdachte alles nochmal, schrieb auf, was wir tun mussten, und besprach es mit Ryan. Tagelang planten wir, bevor wir dann wirklich den Spendenaufruf erstellten. Doch als er dann freigeschaltet war, waren wir beide sehr stolz.

Ganz oben war ein Bild. Ich hatte es gemacht, als ich mit Ryan zu Besuch im Krankenhaus war. Es zeigte, wie Ryan neben seinem Vater sitzt, mit dem Rücken zur Kamera. Man sah, dass er traurig war, schon, wie er dasaß. Als ich das Bild ansah, tat er mir sogar schon wieder leid! Ich spürte einen Stich in der Brust! Meine Mom und ich hatten diese Möglichkeit nicht gehabt! Wir hatten überhaupt keine Möglichkeit gehabt, uns zu verabschieden!

Darunter die Überschrift und warum wir das Geld brauchten und wie viel. Ryan wusste das zum Glück.

Denn er hatte gehört, wie seine Mutter mit einem der Fachärzte gesprochen hatte. Seine Mutter hatte uns bei dem Text auch geholfen, nachdem wir ihr von unserem Plan berichtet hatten.

Wir standen alle um meinen Computer herum, als ich auf *„Spendenaufruf veröffentlichen"* klickte.

Jetzt hieß es nur noch warten, warten, warten! Diese Ungewissheit machte mich wahnsinnig! Ich saß jetzt schon fast zwei Stunden hier vor dem Computer und starrte auf den Bildschirm.

Ich war mittlerweile schon wieder zuhause, doch es ließ mich nicht los. Ich konnte mich keine zehn Minuten mit einer anderen Sache beschäftigen, ohne dass ich über diesen Spendenaufruf nachdachte. Und dies musste ich jetzt 30 Tage aushalten. Denn so lang lief diese Aktion.

Ich beschäftigte mich mit Sachen, die ich sonst nie tat und räumte mein Zimmer auf, wischte es. Ja, ich putzte sogar die Fenster! Normal hasste ich diese Jobs.

Aber was sollte ich sonst tun? Ich musste irgendwas machen, sonst würde ich noch verrückt werden!

Als mein Zimmer ganz aufgeräumt war, schnappte ich mir meine Kamera und lief in den Wald. Eigentlich genoss ich immer diese Stille, die hier herrschte. Doch heute hasste ich sie. Wieso, wusste ich selbst nicht.

Sie war beängstigend und auch ein wenig beruhigend. Es hatte letzte Nacht ein bisschen geregnet, deshalb blieb der Schnee nur noch an wenigen Stellen liegen. Der Boden war sumpfig und nass. Es prasselte kalte Wassertropfen von den Bäumen. Hier und da blitzten ein paar Sonnenstrahlen durch das Geäst. Und dort, wo sie auf den Boden kamen, stieg ein leichter Dampf auf. Es war eine bezaubernde Stimmung. Ich musste lächeln. Wie schön die Welt doch sein konnte. Wie leicht und unbeschwert. Doch das war sie nicht immer. Und das wusste ich nur zu gut.

Trotz der schönen Stimmung im Wald blieb ich nicht lange. Es war windig und kalt gewesen. Außerdem wollte ich an den Computer zurück. Zuhause machte ich mir erst einmal einen Tee. Er duftete fein nach Zimt und Kirsche. Ich holte meinen Computer von oben und zog die Bilder von meiner SD-Karte auf meinen Arbeitsspeicher. Die Bilder von heute waren wunderschön geworden. Sie spiegelten genau diese Stimmung wieder. Doch leider waren von meinen knapp 100 geknipsten Fotos nur zehn wirklich schön.

Die nächsten Stunden verbrachte ich damit, die unscharfen zu löschen und die schönen zu bearbeiten. Das Bearbeiten machte mir immer am meisten Spaß. Denn man kann selbst ein bisschen kreativ werden und nach seinem Geschmack gestalten, die Helligkeit anpassen und retuschieren.

Ich hatte gerade das letzte Bild fertig, als mein Dad mich rief. Er meinte, ich solle doch bitte die Spülmaschine ausräumen. Wie immer verdrehte ich die Augen, aber befolgte die Bitte. Was sollte ich denn auch sonst anderes tun?!

Ich musste eh auf das Ende des Spendenaufrufs warten. Aber ich hasste es eben, die Spülmaschine auszuräumen.

Kapitel 8

Heute war ein wichtiger Tag! Heute war der Tag, an dem die Zukunft eines Menschen entschieden würde und auf den ich schon so lange gewartet hatte. Ja, jede Sekunde in den letzten Wochen kam mir so unendlich lang vor. Ich hatte mich jeden Tag gefragt, ob es wirklich nur 24 Stunden sind, die diese Tage haben. Die Zeit bis zum Ende unseres Spendenaufrufes schien unendlich lang zu dauern. Und heute war er da. Dieser eine Tag!

Ich sprang aus meinem Bett und rannte zum Schreibtisch. Denn bald würde ich Klarheit bekommen und wissen, ob ein Mensch sterben musste oder nicht. Aber es würde schon alles gut werden, dachte ich, um mich zu beruhigen.

Jetzt oder nie, war mein Gedanke, als ich jetzt endlich meinen Computer aufklappte und den Anschaltknopf drückte. Es dauerte wieder eine halbe Ewigkeit, bis er hochgefahren war.

Doch meine Hände zitterten so, dass ich mich immer wieder beim Eingeben meines Passwortes vertippte. Ich begann zu schwitzen. Jetzt müsste es doch geklappt haben. Wieso kam ich nicht in meinen Account? Jetzt endlich klappte es. Mir fiel ein Stein vom Herzen.

Ich öffnete meine E-Mails und suchte die ganzen Ordner nach dieser einen Nachricht ab. Hier war sie.

Ich zitterte, als ich sie anklickte. Die ersten Seiten waren alles nur Danksagungen und Informationen und ich überflog sie schnell. Da stand es, ich dachte erst mal, ich hatte mich verlesen! Dann klappte ich vor Schock meinen Computer zu.

Das kann doch nicht sein, nie im Leben. Ich schaute nochmal, doch da stand es:

Ihr Spendenergebnis beträgt 5,95 $. Wir wünschen

Ihnen viel Freude mit Ihrer Spendeneinnahme.

Freude? Ich wurde wütend, wie konnte das bloß sein? Ich begann zu weinen, laut und hemmungslos. Ich konnte es einfach nicht glauben, dass dies jetzt wirklich das Ende sein sollte. Die ganze Zeit hatte ich gehofft und gebangt für 5,95 $? Was sollte ich jetzt nur Ryan und seiner Mutter sagen? Hätte ich nur auf ihn gehört, er hatte doch schon von Anfang an gesagt, dass es nicht gehen würde und dass wir es nicht versuchen sollten. Dann hätten wir jetzt diese ganze Enttäuschung nicht.

Ich klappte meinen Computer so fest zu, dass es einen Schlag tat. Doch das interessierte mich nicht. Ich stützte meinen Kopf auf beide Hände und weinte.

In diesem Moment klingelte mein Smartphone. Ich schaute auf das Display und sah, dass es Ryan war. Ausgerechnet er! Ich versuchte mich zu beruhigen, bevor ich den Anruf annahm. Er war sehr aufgeregt und fragte sofort, wie es gelaufen war. Ich antwortete nicht gleich, sondern überlegte erst, wie ich es ihm sagen sollte. Doch dann sprudelten die Worte aus meinem Mund. Erst, dass es ja so eine doofe Idee von mir war und dass ich doch auf ihn hätte hören sollen. Meine Worte wurden immer wieder durch ein Schluchzen unterbrochen. In einem dieser Momente fragte er mich nochmal, wie viel wir jetzt gesammelt hätten. Ich nannte ihm das miserable Ergebnis und entschuldigte mich mehrmals und sagte ihm nochmals und nochmals, wie dumm diese Idee war. Doch von seiner Seite war Stille. Das machte mir Angst. Ich wollte wissen, was er jetzt dachte, ob er sauer auf mich war oder ob er es wenigstens verstand.

Plötzlich unterbrach er die Stille und fragte: „Kommst du dann trotzdem, das letzte Mal, mit ins Krankenhaus?" Ich hörte die Enttäuschung in seiner Stimme, aber seine Bitte klang fast schon flehend.

Ich nickte, auch wenn ich wusste, dass er das nicht sah, und antwortete: "Klar doch, holst du mich dann wieder ab?" Er antwortete mit einem knappen „Ja", dann legten wir auf.

Zwei Stunden später hielt der kleine Wagen der Hunters vor unserem Haus. Ich schlüpfte schnell in meine Schuhe und in meine Jacke und lief hinaus zum Auto. Ich sah, dass Kristin vorne saß und fuhr. Ryan saß hinten. Ich öffnete die Türe und setzte mich neben ihn auf die Rückbank. Zur Begrüßung murmelte ich ein kurzes „Hallo". Dann fuhren wir los. Ich hatte längst nicht mehr so viel Angst vor dem Fahren wie kurz nach dem Unfall. Zwar war ich immer noch verkrampft, aber es war schon viel besser. Und Ryans Mutter wusste ja auch meine Geschichte und fuhr deswegen besonders vorsichtig, wofür ich sehr dankbar war.

Wir hielten vor dem Krankenhaus, dort ließ uns Kristin aussteigen und fuhr parken.

Ein paar Minuten später kam sie und wir gingen zusammen hinein und suchten den Chefarzt auf.

Kristin hatte schon ganz verweinte Augen und Ryan konnte seine Traurigkeit auch nicht verstecken. Auch meine Laune war am Boden. Ich fühlte mich schuldig, schuldig, dass wegen mir ein Mensch sterben musste. Okay, vielleicht hätte ich es nicht ändern können, aber ich hätte es wenigstens mehr versuchen sollen! Wie, als könnte er Gedanken lesen, drehte sich Ryan um und sagte mir, dass ich mir keine Vorwürfe machen sollte. Er war immer so lieb, so verständnisvoll.

In diesem Moment kam der Chefarzt. Er schaute nicht gerade überrascht. „Ich denke, Sie sind wegen ihrem Mann da?", fragte er ernst und wendete sich an Kristin. „Ja genau, wir... wir würden es jetzt enden lassen." „Oh, damit hatte ich jetzt nicht gerechnet."

Kristin begann zu weinen und ich konnte mich auch kaum zurückhalten. „Es, es liegt am Geld sonst hätten wir diesen Schritt niemals so entschieden..."

„Warten Sie kurz. Ich muss etwas mit unseren Professoren absprechen. Ich bin gleich wieder da, Sie können so lange zu ihrem Mann gehen", mit diesen Worten verschwand er.

Wir blieben noch kurz stehen, bis sich Kristin wieder ein bisschen beruhigt hatte, dann liefen wir langsam zu dem Raum. Als ich Ryans Vater dort liegen sah, musste ich bitterlich weinen. Nicht nur ich, wie sich zeigte. Der

Anblick dieses leblosen Körpers und dazu der Gedanke, dass dieser Mensch bald sterben musste, waren
einfach unerträglich.

Als Ryan sah, wie ich litt, nahm er mich in den Arm.
Ich spürte, wie sein Herz klopfte, und hörte seinen
Atem an meinem Ohr, das beruhigte mich.

Wir hatten uns gerade voneinander gelöst, da öffnete sich leise die Türe und der Chefarzt trat ein. Er
deutete an, dass wir hinauskommen sollten, was wir
dann auch taten. Er führte uns in einen kleinen, kahlen
Besprechungsraum, wo wir an einem Tisch Platz nah-
men.

„Es gibt neue medizinische Erkenntnisse zur Be-
schleunigung des Heilungsprozesses von Koma-Pati-
enten. Vielleicht kann auch Ihr Mann davon profitie-
ren. Diese Methode ist aber noch kaum erforscht und
daher auch erst sehr selten verprobt worden, und wir
haben sie in unserem Krankenhaus auch noch nicht an-
gewandt... Das Ärzteteam wollte Ihnen vorschlagen,

diese Methode bei Ihrem Mann im Rahmen einer klinischen Studie anzuwenden. Sie müssen dafür nichts bezahlen. Lediglich die Kosten für die Nachbehandlung übernehmen. Diese würden dann ungefähr 1.500 $ betragen. Was vergleichsweise ja eher wenig ist, im Verhältnis zu den bisher veranschlagten 30.000 $."

Wir schauten ihn erstaunt an. Mit allem hätten wir gerechnet, nur nicht mit diesem Vorschlag. Ich beobachtete gespannt Ryans Mutter, denn sie musste es schlussendlich entscheiden. Sie war plötzlich ganz still und starrte vor sich hin.

„Es tut mir so leid, hauchte sie plötzlich, aber wir können nicht noch mehr riskieren. Wir brauchen jeden Cent zum Leben, das Haus müssen wir auch verkaufen. Ich weiß nicht, wie es weitergehen soll." Dann begann sie wieder zu weinen. Ryan, der neben ihr saß, legte den Arm um sie und redete leise auf sie ein.

Ich sackte in mich zusammen. Gerade hatte ich noch gedacht, dass doch alles gut werden würde. Dass Ryans Vater eine Chance bekäme und doch nicht dieses tragische Ende nehmen müsste. Aber was konnte ich daran jetzt noch ändern? Der Entschluss war gefallen.

Der Chefarzt stand auf. „Gut, wie Sie meinen. Nächste Woche werden wir dann die Maschinen abschalten. Wir geben Ihnen noch ein genaues Datum durch", mit diesen Worten lief er zur Türe. Kurz schaute er noch einmal in die Runde, doch dann ging er hinaus, machte hinter sich die Türe zu und man hörte nur noch die Schritte, die sich entfernten.

Somit war es entschieden. Wie benommen saßen wir noch eine Weile im Besprechungsraum, doch jetzt fuhren wir wieder zurück. Wir waren alle sehr verweint, erschöpft und keiner redete ein Wort.

Als Kristin mich vor meiner Haustüre aussteigen ließ, lächelte mir Ryan noch einmal tapfer zu. Ich lächelte zurück, sagte „tschüss" zu seiner Mutter und lief zur Haustüre. Mein Dad öffnete sie und ließ mich hinein. Er wollte natürlich wissen, wie es war. Er wusste ja von dem missglückten Spendenaufruf. Ich erklärte ihm unter Tränen, was alles passiert war. Von heute Morgen bis zu den Vorkommnissen im Krankenhaus.

Als ich das mit den 1.500 $ erzählte und mein Herz sich vor Schmerz zusammenzog, sah ich ein kleines Lächeln in seinen Mundwinkeln. Verdutzt fragte ich mich, wieso lächelte er jetzt?

Er sagte nur: „Warte!", dann verschwand er in Richtung Arbeitszimmer. Als er zurückkam, hatte er einen weißen Briefumschlag in der Hand. Er gab ihn mir und sagte, ich solle ihn öffnen.

Ich traute meinen Augen nicht. Darin lagen 2.000 $! Ich schaute ihn perplex an. Woher hatte er jetzt das viele Geld? Seit dem Tod von Mom hatten wir auch kaum noch Geld und ich wusste, dass er mir nicht einfach so 2.000 $ schenken konnte. Doch er lächelte nur.

Als ich jetzt genauer hinsah, sah ich noch einen Brief neben dem Geld. Ich holte ihn heraus und las:

Liebe Liz,

wir möchten Dir herzlich zum

1. Platz

beim Fotocontest „Chicago-Artist" gratulieren.

Wir haben Dein Bild gesehen und fanden es sofort wunderschön und berührend. Nur selten werden Stimmungen so ausdrucksstark eingefangen.

Als wir gelesen haben, dass du erst 14 Jahre alt bist, hat uns das sehr erstaunt. Dein Gespür für die richtige Perspektive ist wirklich ausgeprägt.

Wir hoffen, dass Du dieses Geld gut nutzen wirst und wünschen uns bald noch mehr Bilder von Dir zu sehen.

Dein Preisgeld beträgt 2.000 $.

Mit freundlichen Grüßen

Grace Cooper

Photo artist, Chicago

Jetzt verstand ich die Welt nicht mehr. Welches Bild? Welcher Fotowettbewerb?

Mein Dad lachte, als er meinen Gesichtsausdruck sah, und begann zu erklären: „Ich habe vor ein paar Wochen einmal deinen Computer durchgeschaut. Ich hatte mir Sorgen gemacht und wollte schauen, ob du wieder irgendwelche dummen Gedanken hast. Bitte sei mir da nicht böse. Zufällig bin ich dann auf deine Bilder gestoßen. Sie waren so wunderschön, dass ich eines davon einsendete, denn ich hatte in der Zeitung von diesem Wettbewerb gelesen. Doch vor lauter Aufregung wegen dieses Spendenaufrufes und deiner Unruhe hatte ich es völlig vergessen.

Heute Morgen kam dann dieser Brief und ich traute meinen Augen kaum. Ich wusste da nur noch nicht, wie ich dir das erklären sollte. Aber ich denke, jetzt ist der richtige Zeitpunkt. Das ist dein Geld.“

Ich jaulte vor Freude auf und umarmte ihn. Er war wirklich der beste Dad der Welt! Ich weinte schon wieder, nur dieses Mal waren es Freudentränen.

Sofort beschloss ich, zu Ryan zu rennen und es ihm zu zeigen. Bei ihm, schweißgebadet und völlig außer Atem angekommen, war ich zu aufgeregt. Ich nahm den Briefumschlag in meine zitternden Hände und versuchte ihn zu öffnen.

Ryan stand auch schon in der Türe, er hatte zugeschwollene, rote Augen und sah so verwundert aus, dass ich dachte, ich wäre ein Außerirdischer. Ich hielt ihm überglücklich den Brief hin. Er nahm ihn langsam entgegen.

Als er den Inhalt sah, die Rettung für seinen Vater, öffneten sich seine Augen. Abwechselnd schaute er zu mir und auf das Geld in seiner Hand, während sich auf seinem Gesicht ein breites, freches Grinsen ausbreitete. „Wo... woher hast das?" Ich erzählte ihm alles. Wie mich mein Dad hinter meinem Rücken angemeldet hatte bis zu dem Moment gerade eben, wo er mich genauso überrascht hatte.

Kaum hatte ich geendet, zog Ryan mich zur Tür heran. Er umarmte mich fest und lang. Und jetzt, als sich unsere Umarmung ein bisschen löste, küsste er mich, sanft und verspielt. Ich schloss die Augen und genoss diesen Moment. Kann es noch etwas Schöneres geben?

Epilog

Ein paar Wochen später. Ich saß im Garten und genoss die erste Frühlingssonne, als mein Smartphone klingelte. Es war Ryan, ich musste lächeln. Sofort nahm ich den Anruf an.

Er war ganz außer Atem, als er jetzt zu sprechen begann: „Liz, das Krankenhaus hat gerade angerufen! Sie wecken ihn, sobald wir da sein werden! Ist es ok, wenn wir dich in zehn Minuten abholen?" Ich sprang auf. „Klar, ich warte vor der Haustüre", sagte ich noch schnell, bevor ich ins Haus flitzte und mich fertig machte. Pünktlich stand ich vor der Haustüre und wenige Minuten später sah ich sie schon herfahren.

Ich stieg ein und zusammen fuhren wir ins Krankenhaus. Dort empfing uns der Chefarzt, der uns wirklich schon lange zur Seite stand. Er nickte uns lächelnd zu und verschwand dann in dem Raum, wo Herr Hunter lag. Wir sollten so lange draußen bleiben, bis wir ein Zeichen bekommen würden. Die Zeit verstrich in Zeitlupe. Ryan hielt die ganze Zeit meine Hand. Endlich durften wir hinein.

Ryan lief sofort zum Bett und zog mich mit sich. Dann begann er zu reden, ganz leise und sanft: „Hallo Dad, ich bin's Ryan, dein Sohn. Erkennst du mich? Und das ist Liz, meine Freundin." Erst passierte gar nichts. Wir wollten gerade wegtreten und Ryans Mutter hinlassen, als ein leises Flüstern aus seinem Mund kam. Es war nur ganz leise und bröckelig. Aber ich erkannte den Satz: „Hallo mein Sohn." Mein Herz begann zu rasen und ich musste weinen. Wir hatten es geschafft. Dieses Gefühl war so atemberaubend, dass ich nicht wusste, wie ich mich verhalten sollte. Auch Ryan rollten ein paar Tränen über die Wange. Mein Herz machte große Hüpfer und ich zitterte am ganzen Leib. Wir hatten es wirklich geschafft! Ich trat ein paar Schritte zurück und betrachtete die Familie. Wie schön dieses Bild war. Wie sehr sie es schätzten, zusammen zu sein. Alle zusammen, als komplette Familie.

Jetzt dachte ich an Mom. Was hätte sie jetzt getan? Das erste Mal, als ich an meine Mom dachte nach ihrem Tod, war ich nicht traurig. Klar, ich vermisste sie, aber ich wusste, dass sie dort, wo sie ist, sicher aufgehoben ist.

Ich hatte immer noch Tränen in den Augen. Wie durch einen Schleier nahm ich alles wahr.

Ich würde mein Leben für nichts auf der Welt mehr hergeben wollen!